JN308202

Humor-tou Sengen! Toukatsu senryu k

ユーモア党宣言！

江畑哲男監修
東葛川柳会編

新葉館出版

柏市文化振興基金助成対象事業

『ユーモア党宣言！』刊行にあたって

ユーモアにもＴＰＯがある。

ＴＰＯとは、「Time（時）、Place（場所）、Occasion（状況）」の三つを指す。座の文芸たる川柳は、ＴＰＯを見極める必要があるのではないか。最近になって、そんなことを考え始めた。

流行語の一つに「ＫＹ」（＝空気の読めない）があるが、川柳人がＫＹでは困る。ＫＹの川柳は、おそらく入選はするまい。

●「ユーモア」の価値

ユーモアは、人に持て囃されたりするが、かなり難しいものである。

一見、簡単なように見える。しかし、簡単なように見えるユーモアこそが一番難しい。

その場に合った「当意即妙」の一言となると、さらに難しくなる。ぴたりと嵌れば絶妙。嵌らなければ、即退場！の非難さえ沸き起こる。ご本人の意図とは正反対に、相手によっては不快感を与えかねないし、場合によっては「パワハラ」「セクハラ」の罪名さえ着せられてしまいかねない。

一方、ユーモアは難しいけれど、興味深くかつ奥深いものだ。

まずはアタマを使う。次に空気を読む。場を考える。対象を見極める。タイミングを計る。その上で、磨きぬかれた極上の一言を発するのである。

近ごろは言葉よりパフォーマンスの方が流行っているようだが、下手なパフォーマンスほど惨めなものはない。

●「楽しく学ぶ」をモットーに

さて、東葛川柳会はおかげさまで平成二四年（二〇一二）一〇月に創立二五年の節目を迎えることが出来た。本著はその記念の刊行物である。

当会が創立以来モットーとしてきたことに、「楽しく学ぶ」という姿勢がある。この姿勢は、何もユーモアに限った話ではないが、一貫してユーモア精神を大切にしてきたのもまた事実である。当会代表として、小生も機関誌『ぬかる道』巻頭言等で「ユーモアの精神」を何度か取り上げて

いる。直近のものを引用しておこう。（『ぬかる道』二〇一二・五）
〈川柳が面白くない。川柳家はユーモア精神を失いつつあるのではないか。そんな声を耳にするようになってから久しい。川柳の三要素から「ユーモア」は抜け落ちてしまったのか。そんな錯覚さえ起こしかねない最近の川柳界である。

不思議なことに、川柳界の外側ではユーモアが持て囃されている。にもかかわらず、逆に川柳界の内側では詩性（特にメタファー）や内面的葛藤、あるいは文芸性などが称賛されているのだ。奇妙な現象である。むろん、現代川柳の多様性・多面性を否定するものではないが、珍なる逆転現象と一般の方々に受け取られても否定できない。

かつて、川上三太郎は次のように述べた。

「もし川柳から／ユーモアが／解消する事があれば／僕は躊躇なく／川柳を棄てる」
（『川上三太郎の川柳と単語抄』新葉館ブックス）〉

故今川乱魚師は、右の三太郎単語抄を理論的にフォローしつつ、丁寧かつ格調高く次のような箴言を残している。

〈今日の川柳界で作品に笑い以外の要素が増えてきていることは事実であり、それが価値の多様化した現代を表す一つの特徴と見られていることに異を唱えるものではないが、それでもなお、私は、もし川柳から笑いが消えるようなことがあれば、それは人間性の後退であり、川柳滅亡への道につながりかねないと思っている。とくに人間性から滲み出るユーモア句は川柳の貴重な詩的財産であり、読む人の悲しみや怒りを中和し、ときには生きる勇気を与えるものと思っている。〉

●ユーモア精神と現代

ユーモアの本家は、どうやらイギリスにあるらしい。

第二次世界大戦で、ドイツ軍の空襲に見舞われたロンドン。その時のユーモア精神はあまりにも有名である。

一九四〇年、ドイツ軍の空爆に遭って百貨店の一部が破壊された。その翌朝、次なる立看板が百貨店の入口に大きくお目見えした。立看板曰く、「本日より入口を拡張しました」と。

このユーモアあふれる表現に対して、ロンドン市民は拍手喝采を贈ったという。

翻って、わが日本。

新聞を開けば、暗い記事ばかりである。テレビをつければノーテンキな番組ばかり。マスコミの劣化は著しく、自立した誇りある日本人はいったいどこへ行ってしまったのか。

いやいや、こういう時代だからこそユーモアを大切にしたい。心と言葉を磨いていきたいものだ。そんな気持ちでこの本を編ませていただいた。

本著には、人間味あふれる知恵の、ヒント程度は詰めこんだつもりである。

まずは、ユーモア川柳がある。ジュニアの作品もある。川柳界ではあまり見られないが、ユーモア川柳を讃えるエッセイも掲載しておいた。

東葛川柳会二五周年の記念誌という一面が、本著にはある。それゆえ、講演の記録を採録した。ここ一〇年間の年表も作成・整理し、ビジュアル化を心がけた。これによって、当会の方向性や意欲を読みとっていただければ幸いである。

かくして、『ユーモア党宣言！』。

本著の刊行で、時代に明るさと余裕を少しでももたらすことができればこれに優る喜びはない。

平成二四年九月九日

東葛川柳会代表

江畑　哲男

ユーモア党宣言！　目次

ユーモア党宣言！

◇凡　例

①　第二〇回「とうかつユーモア賞」応募作品は、基本的に作者の原稿どおり掲載した。
②　応募エッセイについては、作者の原稿を基本としつつ、主として数字や印し物の表記や、一部表現について、原稿の意を損ねない範囲で統一及び修正をさせていただいた。タイトルについても、一部新たに冠して、全体として読みやすさ・分かりやすさを心がけた。
③　作者名については、発表時・応募時の名前でそれぞれ掲載をしている。雅号の統一はしていない。したがって、後に雅号を変更した方については、その時々の雅号の掲載、すなわち二種類(以上)の雅号掲載となっている場合もあり得ることをご承知いただきたい。
④　講演録は、東葛川柳会の大会や新春句会などでの講演から八編を掲載させていただいた。なお、肩書きは講演当時のもの。末尾には、講演年月日をカッコ書きして付した。
⑤　付録的資料としては、次のものを収めた。
　ア　歴代「乱魚ユーモア賞」作品の記録
　イ　過去二五年間の、大会や句会時におけるユーモア賞作品の記録
　ウ　当会会員による「一人一句」
　エ　東葛川柳会の歩み(写真なども多く採り入れた)
⑥　東葛川柳会の歩みについては、
　a　発足から一〇周年までは、『川柳贈る言葉』(平成九年一〇月、葉文館出版)を、
　b　一〇周年から十五周年までは、『川柳ほほ笑み返し』(平成十四年十一月、新葉館出版)を、それぞれご参照いただきたい。

ユーモア党宣言！

第１章
ユーモア川柳とエッセイを味わう

◇「とうかつユーモア賞」について

平成四年五月、東葛川柳会の今川乱魚代表（当時）は川柳の活動を通じて、千葉県東葛飾地域の文化発展に貢献したとして、第五回ヌーベル文化賞（ヌーベル文化振興会。選考委員長砂川七郎氏）を授与された。その時の賞金に、乱魚氏自らの資金を足し前して興したのが「乱魚ユーモア賞」である。

今川乱魚氏は、平成二二年四月に逝去。平成二二年の第十九回「ユーモア賞」は、東葛川柳会がその偉功を引き継ぐ形で募集を続けた。記念すべき今回（第二〇回）については、組織として「第二〇回とうかつユーモア賞」に取り組み、リニューアルしながら、「ユーモア賞」の継続と発展を図っている。

第20回

今川乱魚さんを顕彰する

とうかつユーモア賞

●ユーモア川柳の部 入賞作品

大賞

弛んでるほうが切れない赤い糸　佐藤千四（福島県伊達郡）

準大賞

これからが長い妻への宮仕え　山荷喜久男（茨城県古河市）

震災後聞かなくなった妻の愚痴　宮内みの里（千葉県松戸市）

運の無い人で成り立つ宝くじ　戸田健太郎（山口県柳井市）

佳作賞

三分間待てば手作りよりうまい
板垣孝志（奈良県大和高田市）

絵馬などに書けぬホントの願い事
川崎信彰（千葉県船橋市）

車座になれば知恵より酒が出る
上田正義（千葉県柏市）

手続きがややこしいから未だ夫婦
河合守（愛知県尾張旭市）

ロボットも笑う時代が来るだろう
原田英一（千葉県千葉市）

●ジュニア川柳の部 入賞作品

特選賞

悩みごと相談相手ぬいぐるみ
（大阪府吹田市 吹田市立豊津西中２年）**榎木野乃**

カブトガニ今日からぼくもそだて親
（愛媛県新居浜市 新居浜市立宮西小５年）**青木祐太朗**

新学期硬い教科書まだ慣れず
（神奈川県三浦市 神奈川県立三浦臨海高２年）**今山優香**

佳作賞

お年玉老後のために貯めておく
（千葉県松戸市 馬橋北小５年）**宮内威人**

飼い猫は母の前だと猫かぶる
（大阪府吹田市 吹田市立豊津西中３年）**広瀬奈々**

店みせミセついていくのもひとくろう

青木祐太朗
（愛媛県新居浜市　新居浜市立宮西小5年）

おもちつき口の中でもついている

吉村葵紅
（奈良県北葛城郡　王寺町立王寺小4年）

正解が見えぬ世界に立つ社会

山本涼太
（千葉県富里市　富里市立富里南中2年）

●エッセイの部 入賞作品

大賞（一編）

美女をふり返れば

八木孝子（富山県富山市）

美女をふり返れば美女もふり返り　大木俊秀

街を歩いていると向こうから颯爽と歩いてくるのは女性、すれ違う時、ほのかな香水の香りがする。ドキッとしてその美貌に見惚れている間もなく、彼女は風を切って通り過ぎた。思わずふりふり返る。長い黒髪の後ろ姿ではなく、今見たその美貌がそこにあった。目が合った一瞬、ゾクッとした。

今日はなんとラッキーなのだろう。彼女もボクにドキッとしてふり返ったに違いない。相思相愛の行きずりの一目惚れ。女の心はどうあれ、僕に惚れたと思ってしまう、男のうぬぼれもちょっぴり見え隠れする。あるいはフィクションかもしれない。美人に出会った時、ふと、そんなことがあったらいいなあと、男のだれもが抱くであろう夢や憧れを詠んだのかもしれない。いずれにしても虚実皮膜の間にこの句のユーモアがある。

美女ってやっぱりいいなあ。女の私も美しい女性とすれ違うとふり返ってしまうもの。まして男性においてをや。

初めてこの句に出合ったのは川柳初心の頃。菱川師宣の見返り美人図が目に浮かんだ。歩みの途中でふと足を止めてふり返った長い髪の和服の女性の妖艶な姿。思わずウフッ。五七五ではない九八というリズムも違和感なく、すっと私の脳に座を占めてしまった。

読む人によって美女のイメージは異なるだろう。洋装の颪を切るハイヒールであれ、和服のたおやかな草履であれ、男の憧れを秘めたこの句には粋な匂いが漂う。つい、うふっとほほえんでしまうのは、粋な味わいゆえだろう。そして、時代を超えた普遍性のある男女のドラマのユーモアは私たち女性に、いつの日かヒロインになる夢を見させてくれるのである。

佳作

ともすれば

（1／3編）

板垣孝志
（奈良県大和高田市）

甲虫に糸を結びつけて、賽銭箱に垂らす。暫くしてそっと手繰り上げると甲虫は賽銭箱の底にあった紙幣をしっかり握っている。『蜘蛛の糸』の作者が見たら腰を抜かしてしまいそうな実験を、北野武と所ジョージがテレビでやっていた。

私も北野武とは同世代、戦後の国民総貧乏時代を過ごして来た。

私の生家は食べるだけの米が取れる田と、副食の野菜が出来る畑、炭を焼く山が少々。収入源は僅かに出荷できる炭と家族のように育てた仔牛が売れた時のみ。

その家族になんとまあタタリのように子供が六人いたのだから、両親の苦労は並大抵のものではなかったろう。

味噌・醬油・蒟蒻も自家製でめったに買わない、買えなかったのかもしれない。

豆腐も自分の家で作った。ふやかした大豆を臼で挽いて大釜で炊くと表面に膜が出来る。それを掬い上げて、親牛に食べさせる。アレは人間の食べるものではないと思っていた。

そのアレが京都や日光あたりではふんぞり返る「湯葉」だと気が付くまでに三〇年ほどもの時間を要した。

貧乏農家の母親は忙しい。竈にごはんを仕掛けて、炊き上がる分の薪を目分量で放り込むと、そのまま牛の餌にする草を刈りに出掛けなければならない。洗濯機のない時代に家族一〇人分を盥と洗濯板で洗う……。洗濯だけ考えても恐ろしくなってくる。

乳飲み子は篭や木箱に収めて田や畑の傍の木陰に連れて行き、這い這いが始まると浴衣の紐で腰をくくり、縁側から落ちない範囲で遊ばせる。

歩き出したらもう近所のガキ大将に任せっきり、川に嵌ろうが、柿の木から落っこちようが、崖から転げようが、親はその心配をする暇もないほど生活に追われていた。

当時は、子供が病気になっても医者に掛かれない、そんな家庭ほど子供の数が多かったような気がする。これは「歩留まり」とか「生存確率」に関連しているかも知れない。

秋祭りの時だけ、お小遣いが貰えた。一年で一番楽しく嬉しい一日だった。

笛と太鼓が響き渡る神社。晴れ着で集まった村の人々。お金持ちが賽銭箱に投げ込む硬貨や紙幣を、少し離れた場所でうらやましく眺めていた頃を想い出す。

ともすれば賽銭箱を覗く癖　　岩井三窓

哀しくておかしい、この句が最高。

佳作

（2／3編）

死んだなら酒のせい

新家完司
（鳥取県東伯郡琴浦町）

死んだなら酒のせいだと言われそう　奥　時雄

川柳で表現されるユーモアを大別すると、他人の失敗などを嗤う嘲笑と、自分の行動や身勝手な想いを嗤う自嘲がある。

他人を嘲笑するのは難しいことではない。子供が友達の失敗をからかうのと同じで、見たままま感じたままを詠えば良い。

一方、自嘲は、自らの行動や考え方を率直に省みるところから生じるものであるから、子供や精神的に未熟な人には難しい。また、度量の小さい人や自己中心的な人などにも出来ることではない。

古川柳は客観描写が主であり、もっぱら他人のことを詠っていたが、現代川柳は自分を表現することが主流であり、多くの人がユーモアに溢れた自嘲の句を生み出している。

掲出の句、飲兵衛なら誰しも「私も一緒」と大いに共感するであろう。酒は百薬の長などとも言われているが、それは適量を守ってのこと。本句の作者も飲兵衛らしく、他には「この辺りまでは薬と決めて飲む」という句もある。しかし、飲み始めるまでは殊勝に決めていても、調子が出てくると「もう少し！」となって薬が毒になってしまうのは必定。

かくて、肝硬変から肝臓癌、そして遂にはあの世行き。葬儀の列から「良く飲んだからね～」「まあ酒で死んだんだから本望だろう」などという声が聞こえそうである。

佳作（3／3編）

兎追いしあの山

藤沢健二（千葉県木更津市）

私の一押しのユーモア句は、昭和四〇年代中ごろに読売新聞に掲載された次の句です。

兎追いしあの山もいまウサギ小屋

いまとなっては、掲載された正確な月日も作者もわかりませんが、ある欧米人が言った「日本人の住宅はまるでウサギ小屋」という言葉をとらえて、折からの高度経済成長期、日本列島改造論が吹き荒れる開発ブームと住宅ブームをモチーフにした、この句を読んだ私は少なからず衝撃を受けました。

川柳とは、社会のさまざまな事象や人間を面白おかしく表現するものと思い込んでいた私に、川柳のありかたを示唆するに十分であったと思います。往々にしてメディアがとりあげる川柳には笑いだけを重視する傾向があると思っていましたが、この句からは笑い以外にも乱開発に対する警告的なものを感じ取ることができました。

その後のマイホームを題材にした川柳、いわゆるサラリーマン川柳と呼ばれる句を耳にする機会が増えました。

一戸建手が出る土地は熊も出る　ヤドカリ

一戸建てまわりを見ると一戸だけ　貝満ひとみ

等々です。しかし、これらの句と私の一押しの句とでは根本的に相違があります。一押しの句には笑いの中にも痛烈な批判警告が感じとれます。読んだ人に感銘を与える句がいい句といえると思うのです。私はこの句に接して以来、川柳に対し関心を持つことになりましたし、川柳を趣味として生涯の友とするようになったことを申し添えます。

特別賞

ユーモアの句はさみしさの中にも

久保和友
（滋賀県草津市／85歳）

「ユーモア」とは、「諧謔」「滑稽」「冗談」「戯れ」「おどけ」「いたずら」「取るに足らぬこと」「しゃれ」「朝めし前のこと」で、多くの辞書は片付けている。英語ではジョーク（Ｊｏｋｅ）。「ユーモア」とは、そんな簡単なものであろうか。岸本水府に、

酔っぱらい真理を一ついってのけ

がある。私の好きな句である。ユーモア川柳の句として素晴らしいと思う。呵々大笑する句ではない。笑いとは何かの真理を示している穿ちの名句ではないだろうか。

夏目漱石の『吾輩は猫である』『坊っちゃん』すらが私には、その諧謔と滑稽さが水府の句と同じようにその穿ちと笑いが真理に迫っていると思う。今川乱魚さんの句、

食ったもの食いたいものもすぐ言えず

町内の老人会で、百歳近い長寿の方に健康法を聞かされたことがある。「ご飯と梅干しとみそ汁です」と、その人は答えられて私は驚いたことがある。

現代はグルメ時代でおいしいものを食べることが生き甲斐と思われている。乱魚さんの句のように何を食べたのか、何を食べたいのか、すぐ聞かれたのか思い出せないし、わからない。だからこの句には笑わせるユーモアがあり真理がある。私の句に、

落日だすこし黙っていようかな　和友

温泉句会で川柳仲間で一泊の旅をした。宿へ着いて部屋から見る海岸の入り陽で海が真っ赤だった。お喋りの仲間もいたが美しい落日を大声でほめるよりも、すこし黙っていようと私は思った。夜の句会で選者がユーモアのある句だとほめて下さった。私はさみしがり屋なので、こんなさみしい句しか作れなかった。でも面白い句だと言われると夕食の蟹料理も地酒もおいしかった。

ユーモア川柳とは私はさみしさの中にもあるような気がする。

入選 （1／10編）

見舞いには

中島久光
（岩手県盛岡市）

人間は一人では生きて行けない。が、そうは言っても大勢の人と付き合うこともままならない。それ相応の人との付き合いが必要である。人との付き合いで迷うことに冠婚葬祭の場合の贈り物である。

こちらでは良い物と思ってプレゼントをしても相手が気に入らない場合もある。その人に似合うと思って贈ったものが、その人の親戚の人が着ているのを発見した時はがっかりしてしまう。また、入院している人に内臓の病気とは知らずに、食べ物を見舞いに持参して、失敗したことがある。当人は家族や他の見舞いに来た人に食べさせると言って、かえって気を遣わせてしまった。お見舞い、お悔やみ、お祝いなどを戴いたときには、半返しという習慣があるが、これがまた面倒であるしお金も掛かる。品物選びに、まだ具合が悪くてもデパートへ出かけなければならないし、自分のセンスが試されそうで何にするかに苦労をする。贈られた物の値段が分からないし、その半分くらいの判断で良い物が見つからない場合も多い。

かなり時間が経ってから、知人のご両親の訃報を知って、お悔やみをどうしようか迷ったすえ、知人に迷惑を掛けると思ってお返しは無用に願いますと書いてお悔やみを送ったが、意に反してお返しを戴いたときには返って気まずい思いをしたことがある。

物を贈る場合には失礼になるとの意見もあるが、お金が一番である。

いまさら言うまでもないが、川柳の三要素は、「穿《うが》ち」「おかしみ」「軽み」である。そのうちの「穿ち」が、乱魚さんがよく言っていた「ほんとのほんと」「本音の本音」がユーモアの真髄であるとすれば、以上に述べてきたように、「私が一押しのユーモア川柳」は、

見舞いには日本銀行券がよし　　今川乱魚

との結論を導き出すこととなった。

入選

見舞いには

（2／10編）

古川茂枝
（千葉県松戸市）

見舞いには日本銀行券がよし

今川乱魚先生のこの句が、私の一番好きな句です。私達に対する話の中や講演でも、川柳で大事なことは「穿ち」「ほんとのほんと」がユーモアや笑いを誘うと説いておられました。ユーモアの物差しは、何気ない動作の中にある笑い、とも言っておられました。

そんなエッセンスが、この句に詰まっていると思います。「見舞いには」は「謝礼には」や「歳暮には」等、自分の考えに合わせ、自由に変化させて楽しめる気もします。癌などの壮絶な病気を何回もされた先生は、幾度となく入院され、色々な見舞いも受けられた事でしょう。果物も花もパジャマも、治療への不安の前には、嬉しい気持ちも興らなかったかも知れません。

そんな中、現金や商品券は、仕舞っておけるし、必要な時はすぐ使えて便利だったでしょうか。私も商品券を頂戴するとなにより嬉しく、すぐに自分のカバンにしまいます。そして、心からの感謝の礼状を書きます。病気治療の苦しい時も、先生はいくつもの句を作っておられ、強靱な心にもびっくりします。

四人部屋死を考える隙もなし
よく笑うナースの笑窪から癒える
来年の予定病院から決まり
目医者から歯医者へ日ごと医者通い

仕事も持ち、病気治療をしながら、全日本川柳協会会長、東葛川柳会最高顧問等のたくさんの要職をこなされた先生。そんなハードな中で、幾多の句集も発刊されました。それらの本に囲まれていると、先生はいつまでも鮮明に私達の中に生きつづけていらっしゃる気がします。

平成二二年一月の東葛川柳会にご出席されてお会い出来たのが最後となりました。その日は、「乱魚ユーモア賞」の表彰式だったので、無理をして出席下さったものと思います。珍しく「今度は駄目かも知れない」と洩らされ、私は絶句しました。でも私の「宇宙にも出来た日本のマイホーム」にもジュニアの子供達にも、優しい笑顔でハッキリと句を読みながら表彰状を手渡して下さいました。先生にお会いした子供達の中に、大きな川柳の種が蒔かれ、将来は立派な川柳人になるような気持ちが致しました。

先生の川柳への熱意は、多くの著書と共に永遠に私達へ残り続けることと思います。

入選

月曜日浮き輪をつけて

（3／10編）

句ノ一
（静岡県伊豆の国市）

月曜日浮き輪をつけてバスに乗る　丸山　進

数年前、友人四人と新宿のジュンク堂に行った帰りの車中で、私達はそれぞれが買い求めた本を読んでいた。丸山進の川柳句集『アルバトロス』のページを捲っていたわたしは、クックッ、と、笑いを堪えていた。隣の吊り革に掴まっていたN子が、

「そんなに面白いの？」

と、顔を近づけてきた。わたしは、N子にぴったりの句が載っているページを開き、

「これ、N子のことじゃない？」

他の三人も覗き込んだ。

『結婚のところでかすれるボールペン』

皆が吹き出した。

「これは、K子」

『台形の将来性を信じてる』

「こっちはS子」

『ボーナスはタレにしていや塩にして』

「M子はコレ」

『中トロと叫んだ声が裏返る』……わたしは、彼女たちにぴったり嵌る句を、次々に指差していった。

うけた！　笑えた！

丸山進という人は、私達の仲間かと思えるほど、ぴったりと言い当てている。川柳作家のなかはられいこ女史は、彼の句を評して、オヤジ力と書いているが、人間を川柳眼で捉えると、ここまで可笑しいものなのか。

川柳人ではない彼女達を、満員電車の車内でこれ程盛り上げた本は、後にも先にも、『アルバトロス』を除いて他にない。

その日は都内に一泊し、翌朝、私は東海道線でのんびり帰った。ラッシュ時のピークは過ぎたものの、月曜日の車内は、通勤通学客で満席だった。わたしは、川柳眼を光らせる。その時、丸山進の、

『月曜日浮き輪をつけてバスに乗る』

が、ポンと、浮かんできた。老若男女、何処も無表情。そして、腰には、浮き輪をつけている。会社へ、学校へ、社会という荒波に泳ぎ出すのだ。日曜にはスイスイと泳いでいた人も、今日は浮き輪をつけて家を出てきた。一日を泳ぎ切る自信がないのだろう。

各駅停車で、呑気に伊豆へ帰って行くわたしには、浮き輪を抱えた彼らの姿が、なんと健気に映ったことか。

アルバトロス（アホウドリ）丸山進という作家は、只者ではない。

入選（4／10編）

休肝日の秋刀魚

中澤　巌（千葉県流山市）

休肝日秋刀魚は焼いてくださるな　大木俊秀

古今東西、酒に関する川柳は数多く詠まれおり、夫々共感を得ています。

《酒飲みは奴豆腐にさも似たり始め四角であとはぐずぐず》などと言われます。酒は奇麗にカッコよく飲みたいものです。

いやしくも「酔っ払い」「酒三杯にして酒人を飲む」などはご法度です。居酒屋の暖簾の外にでたら自分の背中を意識して、シャンとして欲しいものです。

さて冒頭の川柳、酒好人の面目躍如たる川柳ではないでしょうか。この川柳は日々の生活実績から詠まれた川柳であり、ウソがなく飾らないひょうひょうとした生きざまが感じとれます。

そして何より大事なのは誰が感じても解りやすい川柳であるということでしょう。

だからユーモア川柳なのです。ユーモアとは生活実感なのです。まさに味噌汁です。ユーモア川柳とはなんぞやの、問いかけがあれば私はそう答えるでしょう。

こちらのお宅はご妻女が家庭内の各科目共通のドクターとお見受けしました。週一回の休肝日は守って下さいと常日頃からやかましく、時には優しく口にされておられたのでしょう。

そこに人間ドラマが見えます、物語が連想される川柳の川柳たる所以でしょう。

健康管理体制はバッチリでした。

更によいのは作者がご妻女の申し付けに素直に従っている様子が垣間見えるのです。「あァ、でも菜に秋刀魚は焼いてくれるなヨ、意志がグラつくではないか」と、言っている様に感じられるのは、酒好人として同感しきりです。

昨今は外で飲むより家庭で飲む人が増えており、若い人達の酒ばなれもあるとか。外は一か月ぶりの雨です。非常に寒いです。休肝日ではありません。誰が何と言おうと今日は日本酒です。作者も日本酒党とお見受けしました。
「飲み食い処・わがや」の炬燵で一杯やることにしましょうぞ、ご同輩。

遺言に書き足す通夜は樽酒で　大木俊秀

これにて締めます。

入選（5/10編）

幸せの合言葉

松岡満三（千葉県松戸市）

幸せの香りや孫の大ウンチ　満三

中学校教師の娘が妊娠出産。初孫である。産前休暇が終わるとき、勤めは続けたいという。相手方と話し合い、こちらで面倒を見ることにした。

満一歳の子を預かることは、大変なことである。妻と共に私も離乳食づくりに専念する。「離乳食百科」の本と首っ引きである。

ちょっと固いものを食べさせようものならぺっと吐き出してしまう。野菜は五ミリほどのみじん切りで、バナナほどのやわらかさに茹でると書いてある。ごはんも粥状にして九〇グラムとある。

九月十日の献立（預かって一週間、満一歳）

朝食　・ハンペンの卵焼き
・野菜のトマト煮
・おじや
・みそスープ

昼食　・パンのミルク粥
・カボチャとバナナの甘煮
・りんご煮

夕食　・ポークのコーンクリーム
・豆腐の水菜煮
・きなこごはん

三歳までに脳が発達するから、カロチン・ビタミン・ミネラル・食物繊維と頭をしぼる。食べれば、出してもらわなくてはならない。

毎日の母親との連絡帳には「ウンチコロコロ」「ウンチ、大」などと書かれている。従ってオムツ交換は大切な仕事である。

妻がいるときは妻まかせであるが、ひとりのときはオムツ交換する。抱きながら童謡を歌っていたとき、プーンと幸せの香りがしてきた。おしめを開けると大ウンチだ。少しやわらかめだがそんなに悪くない。

「よしよし、幸せの香りだ」

汚れたお尻をふきはじめると、じっとしていないからウンチが私の手にもつく。

「これ、じっとして」叱ると調子が面白いのか、よけい足を動かす。「あぁ、よかったな大ウンチで」。

話しかけるように、思わずひとりごと。

妻が帰ってきた。第一声は「ウンチ出た?」だ。「あぁ、やわらかめだがいいウンチでしたよ」と返し、二人は笑顔になる。

「ウンチ出た」は、幸せの合言葉だ。

入選

逃げて行く家鴨のお尻

（6／10編）

太田玉流川
（熊本県菊池市）

各地の句会や全国大会規模の大会でも、ユーモア川柳はどんどん衰退している現実を憂慮する。私は、次の川柳が大好きである。

逃げて行く家鴨のお尻嬉しそう

なんとユーモラスな心温まる句だと、この川上三太郎氏作の川柳に感服させられる。川遊びや川魚釣りが日課であった六〇年前の自分がオーバーラップする。まさに、この句と同じようなアヒルのユーモラスな光景に接していた少年期であった。

旧満州からの引揚げ者で川沿いの田舎に住んでいたので、アヒルを十数羽飼育されていた家庭が近所にあった。このアヒルのほほえましい句が、記録映画のように思えて感動した。ユーモア川柳であればこそ六〇年もの過去が墨痕鮮やかに甦るのである。

「もし川柳からユーモアが解消することがあれば僕は躊躇なく川柳を棄てる」（野谷竹路著「川柳の作り方」・三太郎単語）と川上三太郎氏は語っておられる。アヒルのユーモアの句は、まさに名句で私の一押しのユーモア川柳である。

また、時実新子氏も「新子流川柳」の中で「川柳はカタルシス（浄化快感）の役目も果たす文芸」と述べておられる。やはり、ユーモア川柳の役割は大きいと考える。

人間に始まり人間に終わる、とまで言われる川柳から、ユーモアを抜いたらその存在感は半減するどころか、川柳の愛好者は離れてしまうだろう。今更ながら、三太郎単語の素晴らしさに感服する。

今川乱魚氏を顕彰するため「ユーモア賞」と銘打ってユーモア川柳の部を設け、回を重ねられていることは有意義なことだと思う。しかし裏を返せば、本当はわざわざ特別にこの部門を設けなくても、一般の川柳句会や大会に、どしどしユーモア句が詠まれ選句されることが川柳の真髄ではなかろうか。その日の一日も早い到来をユーモア川柳の乱魚さんも天国で熱望されていると思う。

ユーモアの中にこそ人間の本心・本音は表現できるのではあるまいか。またユーモアは人の心を癒してくれるし、川柳の読者もそれを希求されていると考える。

内・外ともに暗いニュースの続く今日こそ、ユーモア川柳を育て発展させることが大切な気がしてならない。

入選

妻病んで

（7／10編）

辻野弥生

（千葉県流山市）

妻病んで裸で捜す風呂上がり　森下一知《ぴんち》

映画の一シーンのように、ありありと情景が浮かんできて、「ほらほら、風邪を引きますよ」と、声のひとつもかけたくなる句です。一読してクスクスと笑いが込み上げてくるのはもちろんですが、同時にうっすらと涙さえ浮かんでくるような感覚に襲われ、うまい句だなと思いました。おそらく、仕事一筋で、家のことはすべて奥さんに任せ切って、まさか自分の妻が病に倒れ、寝込むようなことがあるはずもないと信じこんで生きてきた人でしょう。

その妻が病に倒れた。下着は？　寝間着は？　靴下は？　と、戸惑うことばかり。夫としては、いささか不合格ですが、「それ見なさい」という気持ちにはなれません。わが夫とダブらせ、他人事ではないと思わせる句だからです。

私の知人に妻の里帰り中、箸がみつからず、料理用の長い菜箸でカップ麺をすすったという、そのまま川柳になりそうな人がいました。

これほどではないにしても、昭和生まれの還暦も過ぎた男性は、誰も似たようなものだと思います。

もはや妻まかせの時代は過ぎ去り、現代の夫族は、イクメンという言葉に代表されるように、家事は当り前のようにこなすようになりつつあります。妻にとっては、まことにありがたい時代の到来です。

さあ、この句のように裸で捜しものするようなことにならないよう、今日から夫教育に励まねばと、腕によりをかけさせてくれる名句です。

入選（8／10編）

父の土産

日下部敦世（千葉県松戸市）

思いがけず川柳を作り始めたが、それまでに知っている川柳は一句もなかった。今でも、身近にあっていつでも取り出して楽しめる句は、あまりない。そんな中で、この句だけは特別である。

父帰る父の土産を出迎える

佐野あゆみ（高二）

我が家のこどもたちの様子を見ていたのではないかと思わせる句である。こどもが小さい時の外出は、大ごとである。まして、二人、三人となると簡単には出かけられない。近くの公園に行くのがせいぜいのお出かけになる。少し退屈な、母親とこどもだけの空間に父親が帰ってくるのは、新しいおもちゃがもたらされたような刺激がある。「パパ、おかえり」と駆け寄って迎えていた。父親も一人ずつ抱き上げ、満足そうだった。

ところが、こどもも小学生になると父親が帰ってくることにそう大きな喜びはなくなる。時々、駅前のドーナツやケーキを買って来てくれると、笑顔がほころぶ。パーティーや接待のおみやげは、ちょっと高級で喜びも大きい。

そのうちに中学生や高校生になると、父親が帰ってくることに喜びはほとんど付きまとわない。三、四日留守でも、生活はほぼ変わらない。ただ、出張や旅行のおみやげに関心はある。特に海外に出かけた時は、その期待度も大きい。家族みんなで食べられるお菓子や名産品の他に、一人ずつへのおみやげを楽しみにしていた。Tシャツや小物入れ、ハンカチなどだったが。三人のこどもたちに、色違いにしたり、デザイン違いにしたり、苦労しながら選んでいたようだった。

そんなおみやげだが、長く大切にしていたというようなものは、ほとんどない。しばらく使ったりそれで遊んでいたりして、いつのまにかなくなっている。「ああ、無事に帰ってきてくれた」

という安堵感が、日常に戻るのといっしょに、どこかに消えていってしまう。
この句の作者佐野あゆみさんは、当時千葉県立東葛飾高校の二年生だったと聞いている。お父さんは、自分が出迎えられたことを喜んでいるようだけど、本当はおみやげを待っていたんだよと、いう気持ちが透けてみえている。お父さんも薄々、それを感じていたのかもしれない。そんな微妙な心理を、無駄な言葉を一切排除し、的確に表現している。ほのかな暖かみとおかしみのある句に仕上がっている。

入選（9／10編）

ホスピスのナース

斎藤弘美（埼玉県さいたま市）

ホスピスのナースは指名制にする　斎藤弘美

私の一押しのユーモア川柳は、
である。自分の句で恐縮であるが、第一回の「エッセイ部門」なので思い出に残したいと思って応募した。

この句は、二〇〇四年の東葛川柳会新春句会で、江畑哲男代表選の宿題「ナース」でユーモア句に抜いていただいた句である。この時は、島田駱舟さんの宿題「日本食」でも「忙しい朝めいわくな日本食」でユーモア賞をいただき、一つの句会で二つもユーモア賞に抜けるという快挙を成し遂げた私の思い出の句である。

私は「今川乱魚ユーモア大賞」の頃からの応募者の常連である。大賞にはとても手が届かないので、毎年一次選突破を目指してがんばってきた。

乱魚さんが亡くなり、東葛のユーモア句の伝統が消えるのではと心配した。形を変えて「今川乱魚さんを顕彰する　第二〇回とうかつユーモア賞」という形で存続していただいたことをうれしく思っている。

私は乱魚さんに、私の目指す句はユーモア句だと気づかせていただいた。それ以来、東葛の句会、大会の時には、ひたすらユーモア賞を狙って句を作ってきて今に至っている。

右の句は、闘病生活の長かった乱魚さんを思い浮かべ、人間最後はわがままになってもいいのではないかという思いで作った句である。乱魚さんは、癌と戦いつつも、川柳の普及に貢献して、笑いが癌に効くことを実証した。そんな乱魚さんに思いを込めて、作った句である。

かって「今川乱魚ユーモア大賞」と言えば忘れてならない人に故石井清勝さんがいる。彼は「今川乱魚ユーモア大賞」に命を燃やし、一人ではがき何十枚も送り、応募要項に一人一枚という制限をつけさせた張本人である。彼の念願のユーモア大賞は、一九九六年の第四回、である。

棒きれを拾うと何かしたくなる　清勝

第一回のエッセイ部門なので、ぜひ清勝さんのことも記録として残ればと思い書き添えた。
東葛川柳会の「とうかつユーモア賞」の伝統が、これからも脈々と続き、ますますのご発展をお祈りいたします。

入選（10／10編）

川柳のユーモア

菖蒲正明（佐賀県佐賀市）

サラリーマン川柳はユーモアがあって面白いですねという言葉を耳にする。二一冊目の本が装いも新たに「サラリーマン川柳いちおし傑作選」として世に出たのは喜ばしい。

川柳のPRに貢献してくれたし、一部言葉遊びに走った駄洒落の句には目を閉じる。

「サラ川」で知られるこれらの句の中から、第一生命百周年記念特選句に選ばれた句は、「石の上三年経てば次の石　　さとりきらず」であった。これが一押しの句と考えられそうであるが、私は一冊目に載った、

運動会抜くなその子は課長の子　　ピーマン

が強く印象に残っている。うがちに裏打ちされた「をかし味」の世界を感じさせる。

江戸川柳でいう三要素の一つの「笑い」が上品な洒落として、川柳の存在をささえてくれていると思う。

国語教師のはしくれとして、佐賀県下高等学校の川柳コンクールを実施してきた。しかし、県文学賞の中にジュニアの部門が設けられて第二六回でやめることになったが、

日本の総理僕でもいいみたい　　福井大介

の句は政治への笑いを込めた激励の句だと考える。平成五年から六年にかけて、細川・羽田・村山首相と一年間に三人の首相交代を詠んだこの句に若者たちの気迫を感じる。

諷刺の句と言われそうであるが、『俳句のユーモア』著者坪内稔典氏の「私たちの見方や感じ方のこわばりをちょっとほぐす。それが俳句のユーモアである」の言葉を借りると、これも川柳のユーモアであろう。

コンクール入選句の中には、「模擬試験東大志望と書いてみる」など大きな夢を彼等は持っている。たとえ、「志望校見て偏差値が笑ってる」としても、プラス思考で前進して欲しい。

平成九年四月、川柳雑誌『オール川柳』の時事川柳(柏原幻四郎選)の特選の句、

老人は死んで下さい国のため　宮内可静

が問題になった。この句が老人に配慮を欠く政治への反発の句であることは理解しても、高校生は「これからは僕が支える高齢者」と涙の出るような句を作っている。

ユーモアとは愛に支えられている作品、思いやりのある句であることを忘れぬことだ。

講評

ユーモア川柳エッセイ選評

やすみ　りえ

ユーモア川柳をテーマにした数々の作品が寄せられました。それぞれの視点で個性豊かに綴られていて興味深く読ませていただきました。

選考にあたっては、まず〈どのような句をユーモア川柳として取り上げているか〉、そしてそれがきちんと〈エッセイの軸になっているか〉という点を重視しました。単なる、句の〝感想文〟で終わってしまっていないかも大切なポイントでした。

そんな中で、八木孝子氏の作品は内容の広がりとまとまりの良さのバランスが大賞にふさわしいと思いました。文章に茶目っ気もあり、創造&想像力の豊かさが魅力あるエッセイに仕上げてくれたのだと感じます。

また、佳作に選ばれた三作品。まず板垣孝志氏の作品は、自身の幼少期の体験をもとにしているだけあって、ひとつひとつのエピソードがいきいきと描かれていて印象に残りました。そして、新家完司氏は日ごろから明快な川柳論を展開されているだけあって、ずばりと歯切れの良い、主張のあるエッセイでした。川柳における「ユーモア」についても言及していてさすがです。藤沢健二氏の作品もまた同様に、しっかり伝えたいことをユーモア川柳に重ねてあり、こうしたエッセイはぜひ多くの方に読んでいただきたいと感じました。

川柳人は、想いをぎゅっと十七音にまとめる日常ですが時にはその川柳を交えつつ文章を書くことによって、より川柳の魅力を伝えることができる場もありますね。この「私の一押しユーモア川柳」もそのような発信の場になれば、と選考を終えたいま感じています。

講評

ありがとう、エッセイ

江畑　哲男

講評に先だって、まずは応募された皆さん方に心からの御礼を申し上げたい。有り難うございました。

ユーモアあふれる川柳作品の顕彰とともに、小気味よいエッセイを募集したい。いつの頃からか、そんな構想を秘かに抱いていた。

川柳のすばらしさは、川柳家自身がよく承知をされている、分かっておられる。そのすばらしさを、川柳界の外側にもアピールできるような鑑賞文やエッセイが欲しい、そう願っていた。小生のイメージにあったのは、田辺聖子氏の『川柳でんでん太鼓』(講談社)であり、昨年(平成二三)亡くなった岩井三窓氏の『紙鉄砲』Ⅰ・Ⅱ(新葉館出版)であった。

寄せられたエッセイは四四編。当方の準備不足・PR不足があったにもかかわらず、予想以上のエッセイが集まった。

予想以上だったのは、数だけではない。とかく、文章が苦手とおっしゃる方の多い川柳界にあって、質も比較的高かった。思わぬ大家にも応募していただいた。

応募者の分布は、北は北海道から南は九州・熊本まで。年齢層の下限は不明だが、上限は九三歳の方であった。

エッセイを読みながら感じたこと。「みんな、川柳が本当に好きなんだなぁ」と。嬉しかった。改めて感じ入った。

各賞決定に当たっては、やすみりえ・江畑哲男両選考委員から作品をそれぞれ推挙して貰う形を取った。その後、拡大事務局会議にて最終決定をさせていただいた。

やすみ委員と江畑の選考眼は、かなりの部分が一致していた。重複もしていた。二人とも、川柳作品と文章とのマッチングを重視していたからではないか、と思われる。

今後の課題も記しておこう。

これもまた当方の反省点でもあるのだが、テーマが少々漠然としていたこと。加えて、原稿用紙の使い方などで指示が不徹底であったこと。

したがって、本著への掲載に当たっては、タイトルを一部新たに冠した。また、表記等も統一させていただいた。以上二点を、応募者の皆さまにはご了解いただきたい。

それにしても、初めての企画にしては相当の成果を収めることができた。この点をともに喜びあいたい。所収のエッセイによって、川柳の新たな魅力を発信できることを信じながら。

本当に有り難うございました。

長電話大事な話掛け直す　浅井　徳子

敷居が高いそんな筈ないドアだもの　有永　香希

これしきのと舐めた坂道苛めつけ　有馬　靖子

この人生ＰＰＫで走り抜け　石戸　秀人

欲はないなどとサプリを飲んでいる　岩田　康子

働いていますよ公務員だって　江畑　哲男

スランプを抜け出したのは定年後　老沼　正一

No.001

お隣が高価な香りおすそ分け　大澤　隆司
東電の逃げ道塞ぐ原爆忌　大館　利雄
手足しびれ次は俺かと脳悩む　大田　芳夫
ゴーヤ棚隣の棚も気にかかる　大塚美枝子
ヘソクリをしっかり握り父が逝き　大戸　和興
龍馬様歴女のハートひとり占め　小澤フミエ
爪楊枝うまく使えず手でほじる　上條　善三
ビール好きカニの泡にも喉が鳴り　川瀬　幸子
うっかりと食った疑似餌のフラダンス　川名　信政

ユーモア党宣言！

第2章

川柳 etc. を語る

記念講演スーパーセレクション Vol.1

●講演録①

江戸の笑い

山本鉱太郎
（旅行作家、劇作家）

本日は東葛川柳会創立二〇周年の特別講演にお招きいただき有難うございます。

今川乱魚先生には流山の川柳講座で大変お世話になっており、また江畑哲男先生は私の次女の高校時代の忘れがたき恩師でもあります。改めて二〇周年を迎えた東葛川柳会の益々のご発展を祈念いたします。

●木場に材木屋八〇〇軒

さて、私が生まれましたのは昭和四年（一九二九）東京深川の木場で、父は材木問屋をしておりました。その頃木場には材木屋が八〇〇軒もあり、どこを見てももう材木屋だらけ。朝起きますと仙台堀がそばにありまして、日本各地の材木を満載しただるま船が往き来し、川並が木遣りを唄いながら、いかだの縄をほどいたり結んだりして、活気に溢れていました。子供ながらに材木の匂いを嗅いだだけで、ああこれはスギだな、ヒノキだな、サワラだな、ラワンだなと分かったものです。

木場で一番楽しかったのはお正月でした。元旦の町を歩くと、どの材木屋でも店先に幅広い平板を何百枚も並べ、そこに墨痕鮮やかに「賀正」と書いた注連縄を飾るわけです。また大きな門松もあり、正月はなんとも言えないさわやかな気分になったものです。そのうちに橋の向こうから、てんつく、てんつく、てんてんつくつくとのどかに鼓の音が聞こえて来ます。烏帽子姿と大黒頭巾の二人コンビの三河漫才です。獅子舞も来ましたね。なかに鳶が入っていて、パクパクと口を鳴らしながら一軒ずつやってきます。わが家にも来ました。口にお年玉を放り込むと、後の鳶が封筒の中身をあらため、少ないとさっさと帰っちゃいますが、沢山入ってると、しつっこいぐらいパクパクやってくれました。子供心に面白い行事だなあと思ったものです。

深川は橋とか堀の多い水郷の町で、だるま船やいかだやポンポン船が往来していました。その木場の隣は門前仲町で、今の若い人たちは門仲、門仲と言っていますが、あそこは江戸時代は有名な岡場所があったところで、気風のいい羽織姿の辰巳芸者が有名で、富岡八幡の参詣に名を借りて嫖客《ひょうかく》が寄ったもので、この界隈は文芸の里でもあり、深川生まれの戯作者山東京伝や滝沢馬琴の作品にもよく出てまいります。

芝居では「髪結新三」「冬木心中」「晴れ小袖」などにも出てきます。

深川は蚊やをまくるとすぐに舟

岡場所も水辺にありましたから、お客は行きも帰りも舟に乗ったものでした。材木問屋の旦那衆には遊び人の芸達者が多く、都々逸、二上がり新内、長唄を唄える人、男でも三味線を弾ける人もいました。うちの父は歌舞伎の声色が得意で、宴会で興が乗りますと市村羽左衛門や尾上梅幸の声色を使い分けて、「切られ与三」の玄冶店の場をよくやっておりました。父は歌舞伎座に大道具の材木を納めていましたから、楽屋裏口から「おう!」と言っただけで歌舞伎座はフリーパスで、そのまま天井桟敷の三階席にあがり、私も「成駒やァー」なんて子供のときから声をかけておりました。

俗曲で有名な柳家三亀松、あの人は木場の材木屋の丁稚どんで、仕事の合間に辰巳の里で都々逸や小唄や三味線を習い、ついに独立して一家を成した芸人です。深川を舞台とした都々逸にこんなのがありましたね。

木場の川並丸太の上で意気を売ってる足の芸

雲が湧いてる永代橋を男同士の軽い口

おばさんと一緒に廓の女が通る橋が続いた木場の朝

深川の祭りに行くやら清洲をわたる飴屋夫婦のとんこ節

永代をわたる新三の声色消して野暮な電車の洲崎行き

こんな都々逸を子供の頃からよく聞かされたものです。木場の旦那衆には、大相撲の横綱の後援会長とか新派の花柳章太郎や落語家の後援会長をしている人が沢山いてそこらじゅう後援会長だらけ、芸事が盛んで話題には事欠きませんでした。

時代劇に多い深川もの

では、なぜ今日、時代物のテレビドラマや小説に深川ものがこんなに多いのか。宮部みゆきとか平岩弓枝、以前柏に住んでいた北原亜以子、藤沢周平など深川を舞台とする小説が多いですね。これはおそらく深川を舞台とするとたいへん書きやすいためじゃないかと思いますね。気風のいい辰巳芸者、祭礼なら東京四大祭りの一つの深川富岡八幡宮、色香漂う岡場所、それから自然の美しさもありますね。深川には当時カワウソがちょろちょろ筏の間を泳いでいました。日本カワウソは愛媛県の宇和海を最後にいまは一匹もいませんが、昔は深川の川にカワウソが沢山いて通行人を騙したという話もあります。蛤町という町名もあり、ハマグリのむきみを売る店がたくさんあり、いま、深川江戸資料館にその町並みが再現されています。

それから棟割長屋もあり、筆や象嵌、提灯づくりをやっている職人さんもいました。それから寄席も多かった。あっちこっちの路地を行くといろんなお師匠さんが長屋に住んでおり、静かな寺町や大名の下屋敷もありました。深川は熊さん八さんの人情味豊かな土地でもありました。

そんな訳で、小説の舞台装置がみごとに揃っており、こんなところは日本橋や神田、向島、本所にもありません。やはり深川ならでのことで、それが多くの時代物作家の心を捉えたのだと私は思っています。

よく笑う下町っ子

それにしても下町の人は実に屈託なくよく笑いますね。駄洒落は言うしよくげらげら笑い転げます。台湾生まれでアメリカの大学院を出たある友人が言いました。

「日本人の笑いの豊かさには舌を巻くね。まるで音楽のようにリズミカルだ。笑い方にもハヒフヘホのほかに、クスクス、ゲラゲラ、ヘラヘラ、イヒヒヒ、カンラカラカラ（注：講師が全部笑ってみせる）など日本にはさまざまあるが、英語にはスマイル（smile）とラーフ（laugh）ぐらいしかなく、ニヤッとするかケラケラ笑う程度しかない」と、呆れていました。本当に江戸っ子というのは昔から陽気で明るかった。

私が結婚する前、三〇歳くらいの頃、「日本旅のペンクラブ」という会が結成されまして、ユーモア作家の玉川一郎さんに「鉱太郎さん旅ペンに入らない？」と誘われました。メンバーは旅好きの作家や編集者、学者、画家、詩人、歌人、音楽家などで、何か単行本を書いていないと入れませんでした。当時私は一冊も本を出していませんでしたが玉川一郎さんと知り合いだったので入れてもらいました。

第一回目の例会旅行は群馬県の奈女沢温泉で、マンガ家の宮尾しげを（「だんご串助」の作者）、共立女子大で応用化学を教えていた古川柳研究家の山路閑古、浮世絵画家で野村胡堂の銭形平次の挿絵をかいていた神保朋世、築地小劇場の舞台装置家の吉田謙吉、民俗学者の宮本常一、少年倶楽部の挿絵画家・林唯一さんら二〇数名の旅でした。大変面白い人たちで、旅の間じゅうふざけてばかりいました。

私はまだ駆け出しでしたから、部屋の隅で有名人である皆さん方の顔をじーっと見ていたら、突然山路閑古さんが「では、皆さん川柳をやりましょう」と言い出したのです。わたしはそれまで川柳なんか一句も作ったことがなかったので困ってしまい、血が下がって、マダムタッソー(蝋人形)のようになってしまいました。なんとかいい加減な句を作ってその場を切り抜けましたがこんなに困ったことはありませんでした。皆さんは川柳を作りながらも駄洒落の連発で、なぜこの人たちはこうも笑いが好きなのかと感心させられたものです。多くは江戸っ子でした。

笑いはなぜ生まれたか

ではいったい、あのきびしい封建時代に、どうして笑いが江戸に生まれたのだろうかということをあらためて考えてみましょう。多くの人は当時の時代的背景を指摘します。考えてみますと、まさに人権無視の封建時代、苛斂誅求でストレスが多く、天災や火災、税金、関所、通行手形、威張ってる役人と、考えたらいいことなんて一つもない暗い世の中でした。

また馬や労力を無償で幕府や大名に提供させる悪法の助郷制度、それに五人組というのもありましたね。家主、家持、本百姓を中心に五人を組ませて連帯責任を負わせ、年貢を納められない者が出たら組で代納する。拒否すれば牢屋にぶち込まれてしまう。治安維持についてもこの五人組単位で常時監視させていた。ゲーペーウーのようなものです。切支丹とわかればすぐに伝馬町の牢屋送り。

なんでもダメダメのタブーずくめの暗い時代で、江戸の町民たちはなんとかしてこのストレスを解消しようと、せめて井戸端会議で朝から晩までぺちゃくちゃ喋り、神社や寺のお堂に集まっていろいろと憂さ晴らしをしていました。そんな時代的背景の中から、落首や落語、川柳、お伽噺、滑稽本、黄表紙、洒落本、狂歌など江戸文芸が生まれ育ってゆきました。落首は時の権力者をあざけり揶揄するもので、目立った所に匿名でべたべた張ったり、ビラのように撒いたりし、それを読んだ町民たちは溜飲を下げたものです。

でも、笑いの文化発生の原因はそれだけではありません。だいたい江戸っ子江戸っ子って威張っていますが、江戸っ子は全国から寄せ集めたよそ者に過ぎません。慶長八年(一六〇三)徳川家康が江戸に幕府を開いた時、駿府(今の静岡)とか、浜松、三河の岡崎、豊橋、大坂などにいた職人や商人たちを江戸を中心とする関八州に集めました。江戸っ子と威張っても所詮は田舎者の集まりだったわけです。

摂津の瀬戸内海のほとりに佃村という漁村がありました。家康は世話になった漁師達に、江戸にきたら小さな島をあげると約束し、そうしてできたのが佃島です。東京湾で捕れた魚を幕府に献上し、残った雑魚を腐らぬよう溜まり醤油で煮、そこから佃煮が生まれました。それを参勤交代の大名たちが食べて、これは美味いと土産にし、そこから佃煮が全国に広まり、江戸名物になりました。

江戸に来た人には食いつめ者も沢山いました。助郷から逃げ出した逃散の農民たち、またいわく因縁のある人なども集まり、江戸はそのような人々の吹き溜まりでもあったのでした。

そういった人々は生活力が旺盛ですからバイタリティーがあります。また、底辺から這い上がってきた人たちですから助け合いの精神もあり、よく働きよく遊びました。そのような風土の中から江戸の笑いが育まれて来たのは当然と言えましょう。笑うということは元気じゃないといけません。何か悲しいことがあったり、病気をしていたり、陰陰滅滅の心境では笑うことは出来ません。これはやっぱり健康のバロメーター。笑いは江戸っ子の本来的なもの、私はそんな気が致します。

東京生まれのタレントを見てみますと、たとえば小沢昭一、彼は根岸の生まれで庶民の生活感を非常に上手に演ずる役者です。ハーモニカも上手に吹きますね。それから浅草の寺の息子で早稲田出の放送作家の永六輔、彼は十六代目の江戸っ子で、今も長寿ラジオ番組で活躍し、かつては尺貫法で国と戦っていましたね。それから日本橋の弁菊という弁当屋の息子の青島幸男、彼は佐藤総理を「財界の男妾」と批判し、後に都知事にもなりました。それから萩本欽一も確か東京生まれだし、コメディアンの三木のり平は日本橋の生まれ。みんな明るいタレントですね。

日本人の笑いの起源

ところで日本人の笑いはいったい、いつ頃から始まったのだろうかと考え、調べてみますと、日本書紀や古事記の時代からすでに笑いがありました。万葉集にもユーモアや笑いがありましたし、日本に文字が出来た時からすでに笑いがあったわけです。平安時代に入ると、猿楽もその一つですし、かぐや姫の『竹取物語』にも落語の原形になるオチが出てきて滑稽味をそそられます。しかし日本の本格的な笑いの文芸は、江戸時代、特に十七世紀に入ってからの元禄時代に始まったとみていいでしょう。

戦国時代、殿様のお傍には御伽衆というのがいました。秀吉には二〇数名おり、日夜秀吉に面白い話をしました。なんでそんなことをしたのかというと、その頃はいつ戦争が起こるか、いつ夜討ちがあるか分からない。その恐怖から逃れるため、一時のストレス解消のため御伽衆が存在したのです。石田三成もその一人で茶坊主上がりでした。江戸時代に入って特別な面白い体験をした人や知識の豊富な人がお城に招かれて、殿様に面白い話を聞かせました。ときには草双紙を読んで殿様のご機嫌を取り結ぶ人もいました。一種の幇間、太鼓もち、宴席で興を盛り上げるため面白いことをする男芸者のようなものでした。浅草の仲見世の伝法院通りを左に曲がったところに鎮護稲荷があり、そこに幇間塚というのがありますが、これは吉原の幇間、今で言えば桜ピン助のような人たちの記念碑です。

お殿様に面白おかしい話をした第一人者は

やはり曾呂利新左衛門でしょう。彼の本職は鞘師で、かれの鞘には刀がそろりと入ってさっと抜けるいい鞘だったので、本名は杉本仁兵衛と言ったのですが、曾呂利新左衛門のあだ名がついたということです。彼は機に応じて働く知恵があり、頓智の天才と謳われ、彼の話は『甲子夜話』や『曾呂利狂歌話』に残っています。

落語の世界

ところで、私が作って皆さんにさしあげた「江戸の笑い」の年表の元和九年（一六二三）のところに安楽庵策伝の噺本『醒睡笑《せいすいしょう》』刊行と聞きなれぬ名前があります。後に京都の誓願寺（浄土宗）の第五五代住職になった説教僧で、この人は各地を歩き、話はうまく、面白く話芸の達人と評判になり、それを当時の京都所司代、板倉勝重の勧めでまとめたのが「醒睡笑」でした。一千余の噺にみんな落ちがついており、この人が落語の元祖と言われています。落語の用語である真打や高座、前座、師匠、弟子、手ぬぐいを曼荼羅などというあたりはすべて説教僧の用語から出たものでした。

私も一度説教僧の話を聞いたことがあります。場所は和歌山県の「娘道成寺」で有名な御坊の道成寺です。熊野詣での奥州白河の僧安珍が恋に狂った清姫に追いかけられ、鐘の中に逃げ込む。清姫は大蛇となって鐘を巻きつけるが、鐘から火がでて燃えて安珍も灰になってしまう。その由来を説教僧が話すのですが、いやあ面白くて抱腹絶倒。機会がありましたら、ぜひ聞きに行ってください。なんとも面白い坊さんが道成寺にはおります。

●松尾芭蕉と井原西鶴

松尾芭蕉は生涯で一千句ほど作っています。小林一茶の二万句に比べれば非常に少ないですね。「夏草や兵どもがゆめの跡」や「荒海や佐渡によこたふ天河」などの名句がありますが、実は若い頃の芭蕉の句には実につまらないものがありました。私は朝日カルチャーセンターでいま『奥の細道』の講義をしていますが、……。

彼は当初貞門派、つまり十七世紀に世に出た松永貞徳の俳諧の流派でして、分かりやすく庶民に広まったのはいいのですが、言葉は滑稽に走り、いささか陳腐で類型的でありました。当時芭蕉は伊賀上野の藤堂家の侍大将の若君に仕えており、若君が俳諧好きで京都の貞門派の北村季吟の家へ俳諧を習いに行った時に芭蕉も同行。以来俳諧に開眼したようです。芭蕉の初期の句をあげてみましょう。これはまさしく貞門派ですね。

猫の妻へっついの崩れより通ひけり

塩にしてもいざことづてん都鳥

糸桜こやかへるさの足もつれ

あら何ともなやきのふは過てふくと汁

「塩にして」は、名にしおう隅田川の都鳥だからぜひ塩漬けにして都人のみやげとしてことづてたいものだという意であり、「糸桜」は、花見に来て糸桜を見て、さて帰ろうとしたが足がもつれた。こりゃ糸のせいかな、それとも花見酒のせいかな、という意です。

このように面白くもない句ばかりでした。その後芭蕉も、これではいかんと気付いたのでしょう。伊賀上野をあとに江戸に出てからは、西行に傾倒して、わびさびの蕉風を確立したのでした。ところで芭蕉誕生の二年前、大坂に井原西鶴が生まれています。彼と近松門左衛門、松尾芭蕉の三人は元禄の三大文豪と言われています。元禄には素晴らしい文豪が続々と生まれましたね。彼は大坂の裕福な商家に生まれ、俳諧は貞門派から談林派へ移っていきます。貞享元年(一六八四)元旦、住吉神社の境内での俳諧の会で西鶴は一日一夜で二万三千五百句作り、自分を「二万翁」と称していました。これはやっぱりすごいこと。『世間胸算用』や『日本永代蔵』『好色五人女』『好色五人男』『西鶴諸国ばなし』など数々の名作を世に残した西鶴の実力の一端を語るものといえましょう。

柄井川柳 江戸に現わる

江戸時代も進んで、中期の享保三年(一七一八)になりますと、皆さんご存じの柄井川柳が江戸浅草に生まれます。柄井八右衛門、親は名主ですが江戸で一番の前句付の点者をしていました。前句付とは、点者が七七の前句を出して、それに五七五の付句を付けるもので、仲介者が取次店を通じて各地から付句を集め、その中で優秀な作品を刷り物にのせて賞品をつける一種の懸賞句です。

たとえば、題が「障子に穴をあくるいたずら」とある前句にたいして、たとえば応募の付句が「這えば立て立てば歩めの親心」となり、これが

「うまい」という事になれば賞品が貰えるわけです。小林一茶もこの懸賞の三笠付けで相当稼いでいたようで、柄井川柳もそんなわけでだんだん有名になってきました。俳諧では切れ字や季語、季重ねなど幾つもの制約がありますが、柄井川柳の前句付には制約は何もなく、世相や人情、歴史、諸事百般なんでも鋭く面白く指摘出来たので、これは江戸っ子の気性にぴったりでおおいに受けたのでした。

女房をちょっと見なおす松の内
惚れにくい顔が来て買う惚れ薬
惚れ薬十日過ぎても沙汰はなし
こわい顔したとてたかが女房也
役人の子はにぎにぎをよく覚え
丑の日にかごでのりこむ旅鰻
女湯へおきたおきたとだいて来る

幽霊はみな俗名であらわれる
色男裸になると痣だらけ
脛をかじるのみならず臍をほり
芭蕉翁ぼちゃんというと立ち止まり
翁は飛び込み道風は飛び上がり

蛙が飛び込んだのではなく、芭蕉庵が火事になったので芭蕉が火から逃れるために池に飛び込んだという説もあります。吉原からの朝帰りは女房がこわかったんでしょうね。

朝帰り蒲の穂にもおぢるなり
朝帰りだんだん内が近くなり
山の神団子を投げて朝帰り
海老蔵になるはうめろと楽屋風呂
ふんどしを猿に取られる草津の湯
猿とは、手で垢すりをする草津の湯女のことで、山形の温海温泉では芸者のことを「粟まき」

といいます。昼は畑で農作業し夜になるとおめかしして座敷に出るからです。片山津では「鴨」という。夜は客に抱かれて「くい、くい」と鳴くからとのこと。粟津では「小鳥」、山中温泉では「猪《しし》」といいます。手ぬぐいを頭にかぶって風呂に入っている客を待つ時足でロの字を書く姿がいのししに似ているとのことです。青森県の浅虫では「コブ巻き」と言いますね。芸者の姿を言ったもので、戦後知ったかぶりの若い客がコブ巻きを所望したら、あいよと本当の昆布巻きが出てきたという笑い話もあります。

箸と椀持って来やれと壁をぶち

食べに来いと壁をたたく長屋のコミュニケーション。裏長屋の人情ですね。

役人の骨っぽいのは猪牙に乗せ

猪牙舟にのせて吉原に連れて行ったのです。

南無女房乳を飲ませに化けて来い

ばあさまとじいさま寝れば寝たっきり

そこでだんだん度が過ぎて行きますと、幕政批判の話も出てきて、ついに松平定信によって、一部の本に出版禁止のお触れが出ます。山東京伝や出版元の蔦屋重三郎などは手鎖の刑（当時は重罪）にされ牢屋にぶちこまれてしまい、好色本や洒落本は厳しく取締られました。それでもその時代、十返舎一九や式亭三馬など素晴らしい作家が出、好色本や洒落本の出版はあとを絶ちませんでした。

私はNHK文化センターの講座で『東海道中膝栗毛』を二四回にわたって講義しましたが、これは面白く、駄洒落や川柳、狂歌、地口、こじつけ、軽口が至るところにポンポン出てきて、改めて十返舎一九の並外れた才能に感服したものです。

一九の最後の辞世の歌、

此の世をばどりゃおいとまに線香の煙と
ともに灰左様なら

死んだ時、火葬場に運ばれてゆき火をつけると、突然ババババーンと棺桶が爆発して参列者たちはびっくり仰天。生前ふところに花火を入れていたのでした。本当に死ぬ最後まで人をおどろかし、人をくった人でした。

笑いの効用

笑いにはいろいろな効用があります。第一にストレス解消。笑うと血液の流れが良くなり、横隔膜も良く動き、身体にいいのです。なかでも川柳はたいへん健康にいいですね。全脳細胞を動員して夢中で作りますからぼけっとはしていられないので、脳の活性化にはとてもいいし、また人間関係も良くなりますね。笑う門には福来るです。

ユーモアという言葉は、実はラテン語で体液のことです。人間の体液には、四つあるそうです。血液と粘液と黄胆汁と黒胆汁。その混ざり具合で、人間の性質や体質が変わっていくといわれています。英語ではヒューマー、これを坪内逍遥がユーモアと翻訳したのですが、ユーモアは大事ですね。

最後になりますが、実は今川乱魚さんにさしあげたヌーベル文化賞は、柏の有名な画廊、ヌーベル画廊の鈴木昇さんや私どもの発案で生まれたもので、乱魚さんはこの僅かばかりの賞金を基金の一部として新たに「ヌーベル文化賞、今川乱魚ユーモア川柳大賞」を創設されました。お会いする度に「ヌーベル文化賞ありがとう」とおっしゃられ、こちらの方がかえって恐縮しております。お体の具合が悪いにもかかわらず、日本の川柳界の最前線に立たれて活躍され、本もどんどん出版されていらっしゃる。このお姿をみるにつけ、ただ驚きと感動あるのみです。流山市立博物館友の会の『東葛流山研究』第二五号で乱魚先生の一代記をエッセイストの辻野弥生さんがまとめられ、近日中に出版される運びになっています。

「山本さん、あなたは日本人で誰を一番尊敬されていますか」とよく聞かれますが、そのとき織田信長や坂本龍馬、西郷隆盛のような偉人ではなく、私の答えは伊能忠敬です。千葉県が生んだ逸材ですね。人生五〇年と言われた時代に、五〇歳になってから江戸に出て自分の息子のような高橋至時《よしとき》に師事して、天文や暦学、測量、数学を学び、それで日本最初の「大日本沿海輿地全図」という前人未踏の地図を作る偉業を成し遂げたのですから本当にすごい人だと思います。

では「二番目は誰かね」と、もし金毘羅まいりの船の中で森の石松に聞かれたとしたら、私はためらわず答えますね。「そりゃァ決まってるじゃねえか、東葛の今川乱魚よ」(拍手、拍手)。乱魚先生、どうかいつまでもお元気で。それから皆さん、これからもしっかりといい川柳を作ってくださいね。ご清聴ありがとうございました。

(平成十九年一月二七日)

●講演録②

ユーモア川柳今昔

今川 乱魚
（東葛川柳会最高顧問）

皆さんこんにちは。この暑いのにまたいろいろ行事があるところ、この東葛川柳会の記念句会においでいただきありがとうございます。舞台に書いてありますもの（注：「東葛川柳会創立二〇周年記念行事、川柳立机二五〇年記念、小林一茶没後一八〇年記念、流山市制施行四〇周年　東葛川柳会八月句会」と書かれている）をひと呼吸で読むと呼吸障害を起こしてしまいますので、ひとつずつゆっくり読みます。

まず東葛川柳会創立二〇周年、この行事はまた十月に賑々しくいたしますので、今日はその前哨戦ということになると思います。それから次の川柳立机二五〇年、本日東京浅草でこれもたいへん大きな会合がございまして、そこで碑を建てたり祝賀の式をやったりしています。私はこちらが先約だったので浅草は失礼させ

ていただきました。(社)全日本川柳協会といたしましては、大阪から本田智彦事務局長・常務理事を祝賀の席に派遣いたしまして祝辞を代読してもらいました。

どういう祝辞を申し上げたかといいますと、これも私が自分で書き下ろしたもので、本日の二五〇周年の趣旨がそこに書いてあります。多分皆様まだお聞きになっていないと思いますので、その祝辞をここで読ませていただきます。お聞きになって、ああそういう二五〇周年なのだとご理解いただけたらありがたいと思います。

〈祝辞。今日川柳という文芸が日本国内はもとよりアメリカ合衆国、中南米、アジアなど広く海外主要国においても多くの人々によって享受されていることはご承知のとおりであります。その淵源を辿ると広くは江戸俳諧に求められておりますが、より厳密に川柳の原点を何処に措定するかという問題につきましては、研究者各位の長年にわたる不休のご努力によって明らかになってまいりました。その有力なひとつが、初代柄井川柳の前句付選者としての第一回入選句発表の日で、その日は宝暦七年(一七五七年)八月二五日であると言われています。本日二〇〇七年八月二五日はそこから数えて丁度二五〇年目にあたる佳き日であります。川柳文芸にとって大事な歴史的事実が明らかとされ、それが川柳人のみならず多くの一般の人々にも知られるようになることはたいへんに意義深いことであります。さまざまな記念事業を企画しこの日の慶祝に向けてご尽力してこられた川柳二五〇年実行委員会、吉住弘会長、前田安彦実行委員長を初めとして関係各位のご熱意に対し心から敬意を表するものであります。私ども社団法人全日本川柳協会といたしましても、記念事業に後援をさせていただいている次第であります。今年の川柳二五〇年の慶祝を機として八月二五日の初代柄井川柳第一回入選句発表の意義が広く認識され、これまで毎年全国各地で営まれている川柳忌同様に親しまれ川柳界の向上発展につながることを願ってお祝いの言葉といたします。

平成十九年八月二五日

社団法人全日本川柳協会会長〈今川乱魚〉

たいへん堅苦しい文章を読み上げましたが、同じ文章を浅草でも読んでもらいました。

1、二五〇年前という時代

こんなことで二五〇周年の意義についてお話しいたしましたが、今日私がお話ししたいことがいくつかあります。いずれもこれに関係のあることでなければなりません。(本日の句会のタイトルを指差して)この順番で行けば次は小林一茶没後一八〇年、いずれにしても古い昔の話であります。小林一茶がどんな人か、どのような業績のある人かは皆様は学校でお習いになってよくご承知されていると思いますが、それをざっと講演メモにしてお配りしてあります。まず二五〇年前というのがどんな時代であったかということをご承知いただくため、簡単なメモにしてみました。

二五〇年前、柄井川柳が第一回入選句発表をしたのは彼が四〇歳のときで、今から二九〇年前に生まれて、四〇歳で初めて立机したのです。業界用語で立机とは机の上に立つことでなく、選者になるということであります。このなかの皆さんも立机された方が沢山おられると思います。それから開という字にキというカタカナをおくって「開《ひら》キ」、魚の干物ではありません。これも業界用語では入選句発表を開キといいます。私も分からなかったのですが、選者になることと入選句第一回発表とどう違うかということですが、宝暦七年（一七五七）八月二五日は旧暦で、グレゴリオ暦では十月七日に第一回入選句発表があって開キがあったと覚えておいてください。あとは二五〇年、二五〇年と唱えておればよいのです。

その頃の江戸はどういう時代であったかといいますと、その頃の同級生も、先輩、後輩がいますので、主だった名前をここに挙げておきました。短歌を沢山作られたお坊さん良寛さんは一歳、柄井川柳はそのとき四〇歳です。与謝蕪村は四二歳、柄井川柳より二歳先輩、それから加賀の千代女は五五歳、大分おばあちゃんになっていました。こうやって前後関係を挙げますと、小林一茶はまだ生まれていないことが分かると思います。一七六三年（宝暦十三年）小林一茶生誕とあります。そのとき柄井川柳は四六歳、そのとき絵の葛飾北斎、写楽は四歳、良寛七歳、伊能忠敬十九歳、丸山応挙三一歳、蕪村四八歳、千代女は六一歳で還暦を過ぎておりました。更にその年代での川柳との関わりを申しました。一七六五年、明和二年に『誹風柳多留』初篇が刊行されました。それ以後柳多留は、四分の三世紀の間に一六七篇続いたことにより、川柳という文芸が確立されました。その頃一茶は三歳、柄井川柳は四八歳の男盛りというか、当時は人生五〇年で晩年に入ってきてるということでしょうか。良寛さんは九歳、蕪村は五〇歳、千代女は六三歳になっております。年表を申し上げているときりがありません。いま二五〇年前の時代を人とその年齢を挙げてご説明いたしました。

2、小林一茶のユーモア句

次にここに小林一茶没後一八〇年とありますので、その話に移ります。では小林一茶と柄井川柳の関係はどうかというと年齢では五〇歳くらい違います。一茶の俳句は日本人にたいへん親しまれています。俳句らしさよりもたいへん人くさい面白さがある、たいへん川柳に近いので親しまれた作家であります。その句をいくつか取り上げてみます。

また同時に一茶はこの流山によく来ていました。来ていたことは何か目的があったのです。信州で生まれて十五歳で江戸に出てきたのですが一〇年間は何をしていたのか全く音沙汰がありません。俳諧師としては二五歳頃からぼつぼつ名前が出て来ています。俳諧師として名前が出ると、多少お呼びがかかる。その頃の落ち着いた江戸の市民生活、戦争の無い時代で文芸を志す江戸市民が小林一茶を大切にしたということです。彼が信州長野へ帰るとき寄り道をしてアルバイトをしています。

よく訪れたのは松戸馬橋の大川立砂のところで、親子二代の俳人です。そこでやっかいになり近隣の人を集めて俳諧の会を催しお鳥目を頂く。鳥目というのはお金の真中に穴があいている、それが鳥の目のようなので鳥目《ちょうもく》と言ったのです。おそらく大川立砂の紹介があったのでしょう。そのあと流山にも寄っています。大きな川を渡ると何も障害がありません。てくてく平らな道を歩くと流山にたどり着きます。そこには秋元双樹というお金持ちの俳諧の好きな方がいて、そこでも世話になってお鳥目を頂戴する。そこで信濃までの路銀が出来る。信濃への帰り道アルバイトが出来るので一茶は流山にもたびたび寄っています。

一茶は意外に几帳面で日記をつけていたのです。『七番日記』『八番日記』には「流山ニ入《いる》」ではじまるくだりが沢山あり、一茶四一歳から五五歳までの間によく立ち寄ったことが記録されています。江戸で修行して、俳諧師として名が出て信濃へ帰るときは俳諧の指導をしながら帰ったということです。一茶が幾つぐらいの時にどんな句を作ったかが気になったのでここに一〇句ばかり挙げてみました。

うつくしやあら美しや毒きのこ

（文化一〇年、一八一三年、五一歳）

この毒きのこが一茶らしい発想です。普通の人は食べるきのこを詠むのですが、きれいなのは毒きのこのほうなのです。五一歳の作でその頃なら流山にもたびたび寄っています。

あの月をとってくれろと泣(く)子哉

（文化一〇年、一八一三年、五一歳）

これも五一歳のときの句です。次が有名な

句、なんで有名なのかというと、一茶自身とやさしい気持ちが感じられるからです。

我と来てあそぶおやのない雀　(文化十一年、一八一四年、五二歳)

この句は俗には「あそべや」となっていますが、一茶の原句は「あそぶ」なのです。少しリズム感が悪いのですが、このほうが彼にとっては実感があるのでしょう。

大根引大根で道を教へけり　(文化十一年、一八一四年、五二歳)

「だいこ」と読みます。私のうちの周辺も農家で「だいこん」と言わず「だいこ」と言っています。「だいこん」というのは東京の人たちです。この句は類句が沢山あります。次も有名な句です。

痩蛙まけるな一茶是に有(り)　(文化十三年、一八一六年、五四歳)

一茶は五四歳のいい年でこんな句を作って、年齢にしては一茶ってほんとうに句がうまいのか考えてしまいます。私が五〇何歳の頃はもっと堂々たる句を作っていました(笑い)。小学校でも取り上げていますが、実は蛙の雄が雌の取り合いをしているところ、痩蛙を一茶が負けるなよと応援している句で、男女間の問題なのです。これは小学校で教える句ではないのです。

雀の子そこのけそこのけ御馬が通る　(文政二年、一八一九年、五七歳)

これも五七歳にもなって「そこのけそこのけ」なんて言っている。小学校で教えられるから皆覚えている。流山にはこの頃は来ていない。お母さんが亡くなって信州へ行く用がなくなったのか、流山へ来るメリットが無くなったのかも知れません。でもそれからのほうがいい句が出来ていると私は思います。

流山の伊藤晃先生の『一茶「流山ニ入《いる》」の記』（三一書房）という本があります。その頃の一茶の句に梅の花の句が多い。それは流山で作った句らしい。何故ならば流山に「お梅さん」という一茶が気に入っていた人がいたと想像をたくましくしておられますが、そんな証拠はありません。句としては、

折角に忘れて居たを年忘
（文政四年、一八二一年、五九歳）

このほうが川柳らしいかもしれません。忘れていたいのにわざわざやる忘年会のようなものです。

やれ打（つ）な蝿が手をすり足をする
（文政四年、一八二一年、五九歳）

「手をする足をする」と皆には覚えられていますが、「手をすり足をする」と下五のみが終止形のほうが動きが分かるし文法的にも正しい。そらでおぼえると間違って覚えられた句が通り句（有名句）になってしまうのです。

春の雪遊（び）がてらに降りにけり
（文政五年、一八二二年、六〇歳）

「ふりにけり」あるいは「おりにけり」かも知れません。春の雪を花びらが遊ぶように降る、天然現象を遊ぶと表現したのは一茶の物の見方の手柄であろうといわれております。

一茶は必ずしも素直な人間ではありません。母が亡くなり、継母が来たため江戸に奉公に出された時に多分ひねくれたという説がありま

す。一茶は大名が嫌いです。私も大名や殿様と名のつく人は嫌いです。

大名を馬からおろす桜哉　（文政七年、一八二四年、六二歳）

大名が桜を見るために馬からおりるのを、生命の無い桜がおろすと詠んだ。一茶が擬人法を使っているところに句の面白さがあると思います。江戸で俳諧師になった一茶が信州への帰り道、馬橋の大川立砂、流山の秋元双樹の家に立ち寄ったこと、双樹は味醂を江戸へ出してたいへんお金儲けしたという記録が残っています。一茶は一八二七年、文政一〇年十一月十九日、柏原で六五歳で亡くなりました。それが今からちょうど一八〇年前のことでした。これを言いたいため長々とおしゃべりしました。

3、流山市制四〇周年

次は流山市制四〇周年ですね。あちこちからご援助を頂いているので、流山にも顔を立てねばなりません。実は昨日『川柳流山』という本が私の手元へ届けられました。先ほど流山博物館友の会前会長西村喜美江さんからお祝辞がありましたが、川柳講座で私は十八年間「流山」という題で川柳を作ってもらいました。それを句集にいたしました。表紙の漫画には近藤勇と小林一茶が舟に乗って「誠」の旗を立てている。「誠」は近藤勇の旗印であります。この句集の中には、山本鉱太郎先生のエッセイその他がございます。いい句集ですのでご承知おきください。流山市制四〇周年はこのくらいで終わりまして、いよいよ本題にはいります。

4、ユーモアの持ち味と川柳

「ユーモア川柳今昔」を一年前に、この講演の仮題といたしましたが、そのままで本日になり本題にせざるを得ません。昔と今両方を述べなければなりませんが、まずユーモアとは一体どんなものか、ユーモアについての私の考え方を述べさせていただきます。ユーモアは外国語であって、これに対する適当な日本語がありません。そこで私が何時もお経のように唱えていることを申し上げます。

イ 人間ならば誰しもがもつ愚かさや弱さを謙虚に私のように素直に受け入れ、それを一緒に笑おうとするもの。つまり人間の温かみが感じられるものでなければユーモアとはいえない。単に笑いと言えば、人が笑うから笑う、品が悪くてもおかしいから笑うという笑いも含まれます。笑い＝ユーモアではありませんが、ユーモアは確かに笑いに含まれます。

ロ 強者の論理の押し付けに対して笑って立ち向かおうとするもの。我ながらよくこんなことを書いたと思います。強者というのはいろんな言い方をすると思いますが、それに笑いながら心では負けないということです。

ハ 身の不遇に打ちひしがれず、それを明るく撥ねかえそうとするもの。これがむずかしい。私は癌で胃も胆嚢も脾臓も取ってお腹のなかは空っぽ、でも脳味噌は一杯詰まっています。

ニ 生活体験の中で常識にとらわれない発想の豊

かさを持ち、あるいは理性的で意外性をもった比喩・比較表現で人に笑いを誘うもの。つまりありきたりの表現をしないこと。新しい表現を考えなさい。例えば若い女の人の笑い声を「黄色い声」と決めないで別の表現をすることです。

ホ 発想や表現が下品でないもの、こう言われると困る人が沢山いるでしょうが、私は困りません。品が悪くなければよい、上品であれとは書いておりません。

それでは上品なユーモアとはどんなことかということで、日本で一番上品な昭和天皇のお言葉の話をいたします。これがユーモアに通じればいいのではないかと思いまして紹介いたします。昭和五六年四月二九日、満八〇歳になられたご感想を侍従が尋ねたところ、「八〇歳といっても特別考えることもないね、七九歳から一年経って八〇歳になるまでのことだよ」と極めて当たり前のことですが、それを笑いもしないで侍従に言われたのは大変面白い。

それから、天皇陛下が九州巡幸のとき、侍従が「陛下あの黒い三角の山、あれが阿蘇山です」と言ったら、陛下は「あっそー」と言われた（笑い）。侍従が「陛下、ただ今のはジョークですか」と尋ねると、答えず「わっはっは」と笑われた。

これも有名な話ですが、侍従に対して「どうして庭を刈ったのかね？」、侍従が「庭に雑草が生い茂っていたので」と答えると、陛下は「雑草というのはいけない、どんな草でも名前があって、庭の好きなところで生を営んでいるのだ。それを人間の一方的な考え方で雑草といってしまう。これはいけない。以後注意するように」と、陛下はおっしゃられた。川柳に雑詠がありますが、雑詠と言うと「どんな川柳でも名前がある筈だ、雑詠というのはよくない」と、陛下はおっしゃるかも知れません。

初めて月に行った宇宙飛行士アームストロングとのやりとりがあります。アームストロングが「陛下は今でも生物の研究を続けておられますか」と尋ねると、陛下はごく自然に「趣味として今も続けている」とお答えになる。アームストロングがユーモアで、「陛下。月には生物がいませんでしたので、陛下のご研究には役に立ちませんでした」と、咄嗟に返したとのことです。

そもそも川柳はユーモアでなければいけないとは誰も言っていませんが、『柳多留』選者の柄井川柳も、編者の呉陵軒可有も、自らはユーモアについて書き残してはいません。呉陵軒の死後に発行された『柳多留』二九篇の序には、呉陵軒が生前良い句の条件として挙げていた「たは(戯)れたるには冊子に向こうて、独り笑を催し気を養う」という文句が残されています。これが笑いに関する唯一の記述であります。「独り笑い」は決して大勢でゲラゲラ笑うことではない。「気を養う」は、気分がよくなればいいということです。最近笑いはいろいろ健康に良い効果があると言われています。おおいに笑う文芸川柳が大事だということです。

ユーモアの効用として、人間関係の円滑化、病気の早期治癒などが取り上げられていますが、文芸の視点から見れば「訴える力の強さ」であると思います。ユーモアという英語は、適切な日本語訳が一語では存在していませんが、意味としては「上品な洒落・おかしみ、諧謔」(広辞苑)とか「思わず笑いがこみあげてくるような、暖かみあるおもしろさ」(国語総合新辞典)があります。

もちろん「笑い」の句イコールユーモア川柳ではありません。「駄洒落」「語呂合わせ」「ジョーク」「悪ふざけ」には、笑いはあったとしてもユーモアではありません。ユーモアはおかしみやおもしろさの上に「上品」(少なくとも下品でない)「暖かみ」がなければなりません。

残り時間あと一〇分、これから本題に入るのですが、後ろのほうはユーモアの句それもなるたけ現代のユーモア川柳をとり挙げることにいたしました。

5、『誹風柳多留』のユーモア句

安い岩波文庫で五冊の本になっていますが、初代柄井川柳が三三年間選句した二四篇の、特に初篇に皆さんよくご存じの秀句がたくさんあります。ユーモア句、人間の間違い、教訓にあたるもの、鋭い目線がそこに見えます、桟敷から人を汚いものに見る、平らじゃなく上から見ると汚く見えるというものの見方です。

男じゃといわれた疵が雪を知り

喧嘩の仲裁かなんかで男を上げたのでしょう、だけど冬になって雪が降るとその疵が痛むということでしょう。いい句だと思います。

金の番とろとろとしてうなされる

お金と人間の暮らし、私の一番好きなテーマです。柳多留の句はご存じと思いますが、ときどき読んでみてください。私たちの作るユーモア川柳も、もうちょっと心の奥に入って行くといいのではないかと思います。

　子が出来て川の字なりに寝る夫婦

など分かりやすい句が沢山出てきます。

6、現代川柳におけるユーモア

　次に現代川柳に入ります。

『国文学』という雑誌、あまり売れないようですが、ついこの間出た八月号に「現代川柳」について私が原稿を頼まれました。日川協のホームページに過去三〇年間、六四回の全国大会の入賞句を収録していますが、誰も読んでくれません。そこで私が『国文学』に真面目くさった論文を書きました。同誌の川柳特集は三〇年前にやられたとのことで、私の後にはまた三〇年取り上げられないかも知れません。

　ここでもっと面白い川柳をお耳に入れたほうがいいと思います。サラリーマン川柳など企業の募集川柳が盛んです。私も読売新聞の防犯川柳やＮＴＴの川柳の選や原稿を書いています。サラリーマン川柳をはじめとして企業の募集する川柳には、面白さを見つけようとする編集者の気持ちがじんじんと伝わってきます。また、個人句集や新聞、雑誌の作品にもユーモア川柳の復権がみられます。

　戦前戦後、川柳は、詩性が重視されてきました。それで川柳はきれいになり、上品になりましたが、ユーモアの点では後退がありました。

　私の句集には全部ユーモア、ユーモアと馬鹿の一つ覚えみたいにくっつけています。ここで現代のユーモアはどんなものかということで、見ていくと、橋本征一路さん、伊勢市八日市場の方ですが『午前二時』という句集を頂戴いたしました。「ユーモアというのは難しいです」という手紙が添えられていました。「ユーモアの底にはやはりペーソスが含まれていなければならない。ユーモアにはペーソスが必要だ」と橋本征一路さんはおっしゃっています。好きな作品は中尾藻介さんの句だといっておられます。どんな句かといいますと、

赤ちゃんのよりは大きい紙おむつ

赤ちゃんでなく老人が紙おむつをつけることを詠んだもので、おかしいけれど悲哀がある句です。征一路さんは喜怒哀楽のなかで哀をユーモアで表現出来るのがいい、と言っておられます。どんな句がいいと言っているかいくつか挙げてみます。

ノーヒント蛇の尻尾はどこからか　征一路
合掌のかたちにするとよく燃える
酒が弱くなったのう喜んでくれ
等身大の箱が一番恐ろしい
私の育ての親は哺乳びん
本当の年が三面記事にのる
約束を守らぬ人は出世する

頂戴した小さい句集のなかにも沢山いいものがあります。最近感動しましたのは、番傘の長老柴田午朗さんの『僕の川柳』という昨平成十八年十二月一日に、一〇〇歳で出された句集です。午朗さんは明治三九年四月二八日生まれ、今年一〇〇歳の方です。

餌やらぬ僕には犬も振り向かぬ　午朗

本棚にいい本ばかり並べてる
女房とも家内とも言う日本語
今日は雨寿命が一日のびました
十二色色鉛筆を持て余す
生きてると思っていたら死んでいた僕の妻
すぐに眠れる僕はお人よし

ユーモアという言葉は俳句との関係でいろいろと対比されています。昭和天皇の教育係だったR・H・ブライスという方が、このように言っておられます。

「ユーモアはおそらくその言葉の最も深い意味において相応しいものではあるまいか」。ユーモアは深い意味をもっている。ユーモアは笑うだけではありません。「ユーモアは詩そのものよりも更に根本的なものでなければならない。ユーモアがあまりに強く現れている俳句においては詩が欠けている。詩とユーモアのバランスが崩れると、詩にならなかったりする。そのバランスが大事だ」と言っています。

『武玉川』『柳多留』について大変造詣の深い方でした。「『武玉川』が十五巻で終わったのは詩的過ぎてユーモアが不足していた。ユーモアがそこにあったらもっと『柳多留』と同じくらい続いていた」という感覚をもっておられます。俳句にはユーモアがなければならず、川柳は詩的であらねばなりません。詩の要素としてのユーモアを大事にしなければいけません。

以上の他にもいろいろ資料があったのですが、それはまたの機会にして、今日の川柳二五〇年記念にふさわしいかどうか分かりませんが、私のお話はこれで終わらせていただきます。

（平成十九年八月二五日）

●講演録③

短歌と川柳は近い

篠　弘
（歌人、日本現代詩歌文学館館長）

ご紹介を頂きました篠弘です。初めて川柳の会合でお話をするので、今日はおそるおそるやって来ました。この小一時間を有効に使って、「如何に短歌が川柳と結び付いているか」という結論が導き出せたら幸いであります。

私自身は、川柳作者との交流はかなり少ないと思います。最初は、昭和三八年の春に、岸本水府先生が突然、私の勧めていた小学館へ訪ねてこられました。そう聞くと皆さんビックリされるでしょう。しかも奥さんをお連れになって、下町のみたらし団子を土産に持って来社されました。

何故、有名な柳人である水府さんが、わざわざ私を訪ねてこられたかというと、二つ理由があったようです。一つは、昭和三七年頃から私は小学館で、一連の百科事典、日本百科大事典

などの編集長をしていました。その中で、「川柳」の扱いが、それまでの百科事典と違って、丁寧で、スペースを充分に取って、短歌、俳句並みに扱ってくれた事に感謝したかったとおっしゃいました。もとより初対面でしたが、驚きました。

もう一つの理由は、今日のお話にも関係するのですが、私は、角川の『短歌』という月刊雑誌に、昭和三三年から足掛け二〇年、正味十五年間に亘って、明治、大正、昭和に亘る「近代短歌論争史」を、毎月三〇枚ぐらい連載で書き、その四回目に土岐善麿（号は哀果）と若山牧水の論争を書きました。これが「川柳論争」なんですね。明治四〇年代、近代短歌の始まりに於いて、如何に歌人が川柳から学んだかを、多少例証しながらこの論争を書いたのです。水府さんはこれをご覧になっておられたからでした。

今日は明治四〇年代の近代短歌の始まりと、川柳や狂歌とのかかわり、及び現代短歌と川柳との結びつきをお話し出来たらと思います。用意したプリントはわずか二枚。裏表刷りで紙を節約されたもの（笑い）ですが、この二頁で三時間ぐらい話が出来ますが、今日は小一時間で終えるように努めたいと思います。

まず始めは一〇〇年ぐらい前の話をいたします。やや硬いけれど内容は分かりやすいものです。明治四二年から話を始めますが、皆さん、阪井久良伎を、歌人（狂歌を含む）であり俳人であり川柳人である方をご存知ですか。ちょっとお手を挙げていただけますか。流石に殆どの方がご存じですね。この方が「へなづち会」という会を作っていました。きっかけは正岡子規の流れです。子規という文学者は、歌人でもあり俳人でもあり、新体詩も漢詩も川柳もやったのですが、一番力を入れたのは俳句でした。彼の俳句、短歌の中にもユーモラスな、すっとぼけた味のものが多々あり、また万葉集の中の巻十三、および巻十六あたりのおどけた短歌を評価しております。

近年研究が進んで、久良伎の影響をうけた田能村秋皐という人が、明治三八年から「読売新聞」紙上に、狂歌の「へなぶり」欄が開設されたことが明らかになっています。日露戦争下の混沌とした世相において、時代を揶揄する川柳や狂歌が出現してきたことが確実であります。

阪井久良伎は、明治二年生まれで、昭和二〇年までご存命でした。横浜の出身です。この方も、当時の歌壇にいらしたわけです。

啄木は会っていたかどうかは知りませんが。しかし、今からご紹介するように、啄木の、明治四二年、正確に言うと、四月一日のローマ字日記に、与謝野晶子、与謝野鉄幹の「明星」の歌会に出た記録があります。「……題を出して歌を作る。出席は皆で十三人。選の済んだのは九時ごろだったろう。余は、この頃真面目に歌など作れなかったから、相変わらずへなぶってやった」(「へなぶる」は造語で、「鄙ぶる」「嫐「へなぶる」、下品に言う、ひやかすというニュアンスの言葉)つまり、「へなぶってやった」と言って書いてある「ふざけ歌」が次の四首です。

「わが髭の下向く癖がいきどほろし、この頃憎き男に似たれば」

「いつも逢ふ赤き上着を着てあるく、男の眼《まなこ》このごろ気になる」

「ククと鳴る鳴革《なりかわ》入れし靴はけば、蛙をふむに似て気味わろし」

（鳴革……歩くたびにキュッキュッと、音が出るように靴底に仕込んだ。大正期、モボ、モガの頃、全盛期か。……編集部注）

「君が眼は万年筆の仕掛けかや、絶えず涙を流して居給ふ」（以上四首、石川啄木）

ところが間もなく、五月の『昴』へ六九首の大作を発表しました。それまで綺麗ごとの、人間味豊かな、明るいものである「明星調」と違って、一気に、やや斜めから見た、自虐的な、ひやかし口調の、あるいはユーモラスな、自分をからかうような、これが、後で言いますが、明治四二年の近代短歌の特徴の一つである自己否定に満ちたものでした。そんな特徴をもった前述のような歌を、久良伎を通しての川柳の影響で作るようになりました。（『昴』……石川啄木、木下杢太郎、平野万里、吉井勇らを同人とする文芸雑誌。明治四二年一月創刊。明治四一年十一月「明星」廃刊後、明治末期の新浪漫主義思潮を起こす）

ちょうど朝日新聞の校正係として通っていた頃、明治四二年頃ですが、自然主義との交流を持って、自分の特色を出そうと努力していました、吉井勇、北原白秋らと別れてしまいます。そして、自分を赤裸々に表現する、自然主義の風潮に若者が靡いて、明星調から離れたいと思っていた人たちが、離れました。明星の会では、「我が髭の下向く……」などという歌はとても詠めない、その最後の歌が有名ですが、「君が眼は万年筆の仕掛けかや……」という歌、誰のことを詠んだか分かりませんが。

まぁ、そういうひやかし、思いつきの発想で、歌としては良くないものです。この明治四二年五月の(『昴』)中には、ここに挙げた思いつきのようなものでない、良い歌があります。一首だけ挙げてみますと、「愛犬の耳斬りて見ぬあはれこれも物に倦みたる心にかあらむ」という、動物愛護の運動家から叱られそうな歌ですが、「愛犬の耳斬りてみぬ」は、せいぜい耳を引っ張った位でしょうが、代々の美しい、日本情緒豊かな、ロマン的な作品でなくて、一気に虚無的な、自虐的な、作品へ変わっていったようです。赤裸々に自己の内面を描くこと、これが自然主義文学の本流であります。田山花袋の『蒲団』(女弟子との不倫)や島崎藤村の『破戒』(農村の差別問題)などのように、人生の赤裸々な苦悶を表現しました。

当時、歌人は殆ど小説家でありました。啄木も、牧水も、窪田空穂も、皆さんご存じの伊藤左千夫(『野菊の墓』)も、長塚節も、歌人も小説家も一緒でありましたから、自然主義小説の影響を受けたというのではなくて、自然主義そのものであったということです。自分の暗い面、汚い面をあざけり笑う、ある意味でユーモラスな、批評眼をもっていました。

それからこの頃から、言文一致といって、口語と文語が一緒になってきました。つまり、口語の使用率が多くなったし、発想自体が口語的になり、口語的な文脈で詠むようになった。例えば前述の「いつも逢ふ赤き上着を……」の如くであります。

もう一つの特徴は、瞬間で物事を捉える、江戸期とも明星調とも違う、散文の中の魅力的な瞬間を切り出す、エッセンスを切り取るという表現をするようになりました。

　本論に戻りますが、このような出会いがありました。一八八五年生まれの、石川啄木、土岐哀果（善麿）、若山牧水、北原白秋、特に、啄木以外の彼らは早稲田大学の同じクラスにいました。同期生で、今思うと、凄いクラスだったんですね。明治四〇年代の歌人といえば、斎藤茂吉、釈迢空、窪田空穂、などなど四〇～五〇人の若者が群れをなして自然主義の影響を受けたのです。このうち一番左っぽい、社会主義的な思想の路線にいた、啄木、哀果が川柳の影響を強く受けました。川柳は所詮、反体制、時代批判に適したもので、日露戦争後の時代、富国強兵、軍備拡張に傾いていった時代への批判をする川柳と出合ったのです。最も問題意識と批評眼を持っていた人たちが川柳と出合ったということです。

　明治四三年に入ると哀果は、資料にある「焼けあとの煉瓦の上に、小便をすればしみじみ、秋の気がする」という歌を発表する。もっとも雑誌に出た時は「小便」は「ＳＹＯＢＥＮ」というローマ字であった。これは瞬間の詩であります。嘗てはここに居られる男性諸君も、電信柱へ小便をされた経験がおありと思いますが（笑い）、ここ二〇年間ぐらいですっかり見かけなくなりましたが、第二次大戦後には、よくある風景でした。

　これへの反対者は斎藤茂吉でした。品がない、思いつきめいている、ふざけている、などという論文が残っております。自分だって嘗て、早稲田の杜で立ちションをしたことがあるが、自分なら(茂吉自身)「小便」とは言わないで「ゆまり」とか「ユバリ」とかいう和語を使う。第一語感が良くない、という論争が始まります。この論文は長いので端折ります。

この哀果の小便の歌に対して、啄木は賛成するのです。

哀果の作を見ていきますと、

「四五行に書きて哀しむ、職業を失ひて、気がくるひたる、老人の記事」

「日本に住み、日本の国のことばもて言ふは危ふし、我らが思ふ事」

いよいよ言論統制が始まった時代のことです。啄木にも似たような句がありますが、この方がしっかりした歌です。が、根っこは同じです。

「首すくめ、舌出す癖の、いつごろより止みしにやあらむ、日ごろの忙しさ」

こんな歌に対して、同世代の若山牧水は、大酒飲みで最後は肝硬変で亡くなるのですが、一時中央新聞に勤めながらも、新聞記者は勤まらず、エッセイストで凌ぎます。その牧水はこんな句は川柳の狙いどころと一緒ではないか、という論争を、明治四三年十二月、明治四四年二月とに、仕掛けます。この辺からいわゆる「川柳論争」が始まります。これが岸本水府さんが注目してくれた、私の若い時の論文でありま す。いわゆる、思い付きで、ただ事歌であり、あそうですか歌であり、日常の報告の歌、思いつきで作り易い、言葉の吟味が充分になされていないものである、というのです。ご存じのように、牧水は、「白鳥は哀しからずや空の青海のあをにも染まずただよふ」という歌を、千葉の海岸で詠みました。白鳥はかもめですね。空の青さにも、海の青さにも染まらずに、何物にも犯されない白さを保っている。かもめの羽の白さ、ある種の孤独感を詠んでいます。

それに比べて、「小便をすれば……」という句とは大違いであるという論争が長く続くのです。これは牧水にとっては非常に不快感がする、と率直に言っています。

この後、牧水は啄木の臨終に、明治四五年四月十三日ですが、立ち会っています。しかも後で土岐哀果(善麿)が来て、葬式から出版までみんなやった。哀果は、下町、浅草の人で、自分のお寺に葬ったんです。このように仲は良い仲間ですが、文学上のことは譲れないのです。

この明治四三年段階の論争は、一寸した長さの論文(原稿用紙四〇枚)なのでここで紹介はできませんが、牧水は、啄木、哀果の歌なんか直ぐに出来る、と特に哀果を批判するためにたちまち作って見せたのが、

「いやいやとおもひながらにいつしかに無くなって居りビスケットの袋」

ピーナッツなんかでよくありますね。

「大概で買ひ代へやうと思ひゐし古ペン軸が五年あまりかな」

「こないだのは佳かりしものを今日買ひしインクの悪さやすい故ならむ」

このように、哀果のやっていることなんか、川柳と同じじゃないか、と言って川柳雑誌『矢車』の中から、数句を引用しています。

欠伸してさとる淋しい自己の影　浅井五葉

煙草ばかりすって友達帰りけり　浅井五葉

ペン止めて淋し安治河口の笛　岸本水府

物足らぬ日曜なりしかな灯を灯す　岸本水府
我が儘を言ひつのりたる後の火鉢　藤村青明
何時の日の二時か止りし儘の時計　藤村青明

水府先生はこれを私の論文でご覧になった。きっと誰かが言われたんでしょうね。冒頭の話になったのです。

明治四〇年代の読売新聞（哀果が勤めていた）の川柳欄と狂歌欄、その投稿欄ですが、今日は引用しませんが、なかなか充実しています。ちょうど日露戦争後の暗い時代の中で、川柳が時代を風刺、批判しているのが分かります。

「欠伸してさとる淋しい自己の影」（浅井五葉）などは、犬の耳を引っ張った歌なんかと同じもの憂い感じです。

「煙草ばかりすって友達帰りけり」（五葉）にしても、日本の言葉で本当のことを言うと、官憲に捕まる時代、危うい時代に入っています。何も大事なことを言わないで、煙草だけ吸って帰っていく友人をいとおしむ心です。

話をちょっとふざけた方へ、と言うと恐縮ですが持って行きますと、啄木の作品から、

わが髭の下向く癖がいきどほろし
いつも逢ふ赤き上着を着る男
君が眼は万年筆の仕掛かや

とやれば、川柳らしきものになってしまいます。

土岐哀果（善麿）の作品から、

四五行に書きて哀しむ老いの記事

哀果は読売の社会部の新聞記者でした。（啄木は朝日の校正部の記者）

日本語で言ふは危ふし思ふ事
首すくめ舌出す癖の止みしとき

「焼けあとの煉瓦の上に小便す」

今、即座にやって、このようにすれば、要するに川柳になってしまうようです。生きる不安感や倦怠感が相通じあっていたのです。

近代短歌の特徴を、もう一度まとめてみますと、

1　一人称、つまり、赤裸々に自分を詠うこと。

2　批評眼を持つ。アイロニカルな(皮肉を込めた)世界風刺。

3　人生を瞬間で掴む。小説とも、散文とも、詩とも違う、まさにその刹那を切り取る。

4　連作形式を取る。例えば各自の第一歌集で、啄木は北海道の歌の中で巻頭の一〇首ぐらい、斎藤茂吉は五九首、北原白秋などは百数十首の大連作をしてます。この特徴が自然主義そのものの短歌への影響だと思います。

これが百年前の(一九一〇年代)短歌が実質的な近代短歌としての機能をもつのです。仕掛け人として久良伎の名を挙げましたが、その流れの中で、正岡子規の意志を汲んだ伝統が生きていた時代でした。

話は飛びまして、現代の事にも触れた方が良いと思います。今川乱魚さんにも言われていますので、皆さんもご存じの歌人、塚本邦雄について見ていきたいと思います。彼は実は昨年(二〇〇五年)亡くなりました。以前、昭和二八年に、斎藤茂吉、釈迢空(折口信夫)が相次いで亡くなったことは、戦後から長く悩み続けた挙句、何かを掴みかけていた短歌界にとって大きなショックでした。彼らは歌壇だけでなく文壇でも高い評価を受けていたのです。これで短歌は後退するのではないか、と皆さんが

痛感したものでした。

この塚本邦雄さんなどが出てきた当時、中井英夫という作家が『短歌研究』の編集長をしておりました。何とかして新人を発掘したいのに、俳壇でも歌壇でも、大結社の主宰が自分そっくりの弟子を推してくる、二番煎じというか、年功序列というか、そんな傾向が続いていました。川柳界はどうでしょうかね（大笑い）。中井さんは、これではダメなので、新たにジャーナリストの眼で新人を選ぶ、発掘するということをやった。ここから北海道の中城ふみ子、青森の寺山修司、それに前から用意していた塚本邦雄、葛原妙子、岡井隆などが一気に、昭和二〇年代末に、開花してきたんです。このように、明治四〇年代が近代短歌の始まりとすれば、この一九五〇年代後半に実質的な現代短歌の始まりということになります。

そして現代短歌の特色は、近代の特色と対比的にみると、

1 我のことを詠いながら、作品上の我は、現実の我とも違うもう一人の我（普遍的な我、他人様の我）を詠む。（その時代に生きている典型的な我を詠む）
2 積極的に比喩を使った批評、詩的イメージを持った比喩で表現する、私の主観でない批評。
3 一層、自己否定の視点に立つ。（自分を批判する、自分を疑問視する）
4 瞬間の詩ではなく、ある時間帯を一首が包含する。

これらの事を呼びかけて、一九六〇年代に、現代短歌が動き出して、それが今まで続いてい

ることです。
今までに半世紀を経ております。

今日の二枚目のプリント、これは今日のために用意したものではありませんが、現代を代表する作家である、塚本邦雄さんの作品を見ていきましょう。彼の意図したものが、何であるかを掴むために。難しい歌です。例えば、

「日本脱出したし 皇帝ペンギンも皇帝ペンギン飼育係りも」(『日本人霊歌』)

パッと読んでわからないでしょう。昭和三一年の歌ですが、その時代は、サンフランシスコ講和条約が結ばれたと言えど、貧しい最中、暗い時代でした。賃上げ要求、基地反対闘争など、騒然とした世の中でした。ここで言う「皇帝ペンギン」は昭和天皇のことで、エンビ服を着てマッカーサーと会った写真が有名ですが、短躯短足で、私も昭和一桁生まれですからご他聞に洩れず短躯短足ですが、燕尾服を着てちょこまかと歩けば、ペンギンに見えるでしょう。そんな時代ですから、日本脱出したし、おそらく昭和天皇もそして国民も。皇帝ペンギン飼育係は、戦後主権在民で、民衆が主権を持つことになりましたので、天皇の飼育係とは言えないので、国民のことを比喩的に言いました。しかもこの歌は、句割れ、句またがりという新しい技法、全体には三十一文字ですが、「日本脱出したし皇帝」まで言わないと、五、七調にならないですね。このような句割れ、句またがりの表記や、新しい抽象技法を使ったものであります。

そんな風に見て、例えば、

「金婚は死後めぐり来む朴《ほほ》の花絶唱のごと蘂《しべ》

そそりたち」

　人の金婚（結婚五〇年後という年）は、多分自分達が死んだ後にやってくるだろう。人間の命なんて実に小さな、あえかな（か弱く、頼りない）もので、植物の生命力に圧倒され、打ちのめされてしまう。人間の小さな存在、鮮やかな植物の生命力の華やぎを詠んだ、ちょっとセクシーなイメージもあります。このような華やかな歌を作りました。

　先週、一杯飲みながら、「これ等を川柳にするとどうなるかな」と思いました。感性が豊かで、現代詩人も感服している歌が、ことごとく川柳になりうるという、揶揄する自己主張があるんですね。

　資料をご覧ください。これは、塚本が戦時中、呉の軍事工場にいた時の歌です。

「紫蘇畑の乾ける土に音たてて爪赤き蟹はかくろひにけり」
「冬潮のきびしき鳴りや死ぬことをみつめて明日は征く友とゐる」
　この二つは置いておきまして、資料にある「革命歌作詞家に凭りかかられてすこしづつ液化してゆくピアノ」に触れます。
　戦後の革命歌の作者が、原爆許すまじなどの平和を渇望する作者が続出して、革命歌過剰であったのを風刺したものです。これを、川柳に直すと、
　↓「革命歌に少しづつ液化するピアノ」
「聖母像ばかりならべてある美術館の出口につづく火薬庫」は、
　↓「聖母像ばかり並ぶる美術館」とやれば、一～二点入るかもしれません（笑い）。

「海底に夜ごとしづかに溶けゐつつあらむ、航空母艦も火夫も」

↓「海底に夜ごと溶けゐる戦艦も」。航空母艦はことばが長いから、戦艦にします。沖縄の海に「大和」が眠っていて、溶けているかもしれない。

「五月祭汗の青年病むわれは火のごとき孤獨もちてへだたる」（ここで「病む」は結核）

↓「火のごとき孤獨をもてり病むわれは」

「暗渠の渦に花揉まれをり識らざればつねに冷えびえと鮮《あたら》しモスクワ」

↓「識らざればつねに鮮しモスクワは」とすれば、結構いけます。

「ジョセフィヌ・バケル唄へり掌《てのひら》の火傷に泡を吹くオキシフル」

↓「ジョセフィヌ・バケル（ジョセフィン・ベーカー）歌えりオキシフル」


火傷にオキシフルをつけると、ブツブツと音がするのを、フランス語で読んだ彼女の名が、その音に似ているというのです。

「日本脱出したし 皇帝ペンギンも皇帝ペンギン飼育係りも」

↓「脱出をしたし皇帝ペンギンも」

「突風に生卵割れ かつてかく撃ちぬかれたる兵士の眼」

↓「生卵割れたるごとき兵士の眼《まなこ》」

「はつなつのゆふべひたひを光らせて保険屋が遠き死を売りにくる」

↓「保険屋が死を売りにくる初夏の宵」

「少女死するまで炎天の縄跳びのみづからの圓駆け抜けられぬ」

↓「縄跳びのみづからの圓抜けざる子」

「ずぶ濡れのラガー奔るを見おろせり未来にむけるものみな走る」

↓「ずぶぬれのラガー走るを見おろせり」

「雑食へばましてしのばゆ再《ま》た娶りあかあかと冬も半裸のピカソ」

↓「再た娶る冬も半裸のこのピカソ」。ピカソは八〇歳ぐらいで何度目かの再婚してますから、少し羨ましがっていますね。

「あたらしき墓立つは家建つよりもはれやかにわがこころの夏至」

↓「墓建つは家建つよりもはれやかに」。人生の終盤に来て、この句が出れば、大会で最高点が取れるかも知れません（大笑い）。

　このように新たな詩的イメージで、比喩に富んだ、人生を風刺したこういう批評眼を持った、一九五〇年代後半からの短歌は、アイロニカルな批評眼で反体制となるべき文芸の起点であったのです。そして他のジャンルが時流にながされていく間に、それなりに短詩型文学の、そういう歴史が今日の短歌に繋がっているのです。そして今まで、例証して来ましたように、啄木、哀果、牧水などの自然主義の時代（近代短歌）を経て、今日取りあげた塚本邦雄などの時代（現代短歌）を見ていきますと、意外にも、激しく、鋭く、川柳と相呼応するものを持っていることがわかります。この二つのジャンルがじつに近い、そのことを結論として、私の今日の話を終わります。ご清聴有り難うございました。


（平成十八年一〇月二八日）

講演録④

わらいが風刺を持つとき

佐藤　毅
（江戸川大学教授、東京湾学会副会長）

創立二四周年、おめでとうございます。

今日のお題は「わらいが風刺を持つとき」という分かりにくい題ですが、一時間後には十分に分かって頂けるようお話をしたいと思っています。

1、文学の伝統と創造

まず、最初は「文学の伝統と創造」というところからお話を始めます。歴史は、新しいものを作るエネルギーと古いものを守るエネルギーとのぶつかり合いです。文学もやはり同じでして、全く新しい物を作るエネルギーと昔のものを守るエネルギーとがぶつかりながら前に進んでいくのです。

短歌を例に挙げてみます。短歌は三十一文

字、一番最初に五七五七七の韻律で歌が出来たのはどこかということをずっと遡って行きますと、古今集仮名序に紀貫之が歌の起源は「八雲立つ出雲八重垣妻籠みに八重垣作るその八重垣を」だと書いております。「マイホームをこんな風に作るから、だから僕と結婚しない」と言っているのですが、これが歌の起源だと貫之は言っています。つまり歌の起源は恋愛の歌なのだと言っています。これから遡ってあの五七五七七の歌の韻律は、どこから来たのかを考えてみます。昔の祭りは歌垣《かがい》と言いまして、キャンプファイヤーのように火の周りをぐるぐると踊りながら飲んだり歌ったりしました。その時がチャンスと考えて「私あなたが好きよ」「僕も好きだよ」と言葉を掛け合う。この言問いのリズム（韻律）が歌の始まりであると言われています。これを「言問い起源説」と呼んでいます。「言問い」を一字で書くと「婚」をあてて「こととう」と読ませたのです。「僕はあなたが好きだ。結婚して」「あたしもよ。結婚しましょう」なんていう自由な掛け合いで歌が生まれていったのです。

その歌の形式は六歌仙の時代に定型化されました。そこから長い年月が流れ、三十一文字の歌がテクニック的にベストなのだと、藤原俊成や定家が言いました。この俊成親子の時代になると、この歌は最高、何故かと言うと、こんなテクニックを使っている、こんな言葉の選び方をしているからと歌にランク付けをする。これを歌を作る人達に伝授していくことになります。これを「古今伝授」といいました。

この「古今伝授」がどれくらいのステイタス

があったかといいますと、細川と秀吉が戦になったとき、細川は「古今伝授」の継承者だから殺すには惜しいから、殺さずになんとか生かしておけ、と秀吉は命令したそうです。それ程ステイタスがあったのです。

その後、歌はどんどんステイタスが高くなり「古今伝授」を守ろうとするあまり、定型化して全く自由な形がなくなってしまいました。

今度はこれを遊びに変えていく動きが、鎌倉、室町の時代に起こります。五七五七七が輝かしいステイタスのある定型芸術であるというなら、それで遊んじゃえという「連歌」が出て来ました。いろいろなパターンがありますが、たとえば一人が五七五とうたうと、それを受けて七七とやる、その次、五七五とやると、また誰かが七七とやる。酒を飲んだ席で誰かが五七五とやると、それは俺がもらったとして七七とやる。遊びの世界ですね。これを遊びだけではもったいないと芸術的に高めようということで「筑波の道」(連歌道)となっていきます。一方連歌が芸術的に高まっていくと、また、これを遊んでしまえと「連歌俳諧」が出て、遊びの世界にどんどん高まっていき、それがお座敷芸となっていき、俳諧師というプロが出て来ます。

そこで俳諧が遊びではだめだという松尾芭蕉が出て来て、これを芸術化していきます。これが芸術的になっていくと、またこれを遊んじゃおうと川柳が出て来ます。そして俳諧がずっと堕落していきますと、明治になって正岡子規が出て俳句としてこれを芸術的に高める。つまり芸術的に高めようという伝統派と創造性を高めようとするグループと交互に現れるのです。

この公式、つまり創造の時期には必ず遊びの精神が付随する。伝統を守ろうとするときは遊びがない。だから伝統と創造の繰り返しの中で文学を捉えなければいけません。ここで川柳がどのような時期に注目されるかを押さえる必要があります。

2、水は方円の器に従う

正岡子規を例にとって考えてみます。「水は方円の器に従う」ということわざがあります。水は流れる水や雨水などいろいろありますが、水が優れているのは方円の器、つまり真四角な器でも円い器でもおさまることが出来るということです。

このことわざを先ほどの伝統と創造の問題にあてはめてみますと、方円の器、要するに定型に水を満たすということが伝統をまもることで、それに対して方円の器そのものを作り変えようとするのが創造であります。

正岡子規は『歌よみに与ふる書』で「紀貫之は下手な歌詠みだ。古今集は下らない歌集だ」というように宣言することで新しい短歌の創造を主張しています。激しいアジテーションですが、「古今伝授」を継承していては本当の文学は生まれない、としたのです。

また、彼の俳句革新へのターゲットは松尾芭蕉でした。松尾芭蕉をみんなは神様扱いをしているが、そこからは絶対芸術などは生まれないと主張しました。子規は短歌革新の嚆矢であり、俳句革新の嚆矢でもあります。紀貫之や松尾芭蕉に従って、いい歌や俳句が作れるとしたら、正岡子規は文学史には登場しなかったのです。

正岡子規と行動を共にしたのは明星派の歌人たちでした。与謝野鉄幹は紀貫之や芭蕉を否定することはせずに、あからさまに「新しき詩歌の時代は来たりぬ」と宣言し、正岡子規と並び称されて短歌革新運動を行ったのです。

新しい器づくりをしようとする二人がどんな器にすべきか論争をするのですが、その対立の構図は結果的に「不可並称論」(方円作りの争い)となりました。子規、鉄幹両者は並び立たず、互いに袂を分ってしまうのです。正岡子規は与謝野鉄幹の歌集「東西南北」の序文に、「鉄幹の新規和歌、新規韻文に対するエネルギーはすごい」と賛辞を送っているのですが、その後、喧嘩をしてしまうのです。川柳に特化して申し上げると、その時の二人の喧嘩に巻き込まれた人物に阪井久良伎がいます。最初は鉄幹についていたのですが、鉄幹の口がすべったため、もう鉄幹にはついて行けないと子規に鞍替えをしてしまうのです。そこで伊藤左千夫が鉄幹はそんなつもりで言ったのではないと弁護すると、久良伎はまた鉄幹のところへ戻ってしまう。

二人の激しい喧嘩の間を阪井はふらふらしてしまいます。つまり固守すべきものがないのです。阪井久良伎と同時代の井上剣花坊とあわせて川柳の中興の祖と呼ばれました。

私はこの立場は川柳にとって非常に重要なポジションだと思います。鉄幹についていけば、川柳は明星派から生まれたと言われてしまう。子規にもついていかなかったこと、このどっちつかずのところに近代川柳の始まりがあるのです。

3、戯作の時代、川柳の時代

では、この川柳の成立をもう一度江戸時代に戻って考えてみたいと思います。川柳は時代を反映する芸術です。江戸時代の三大改革、八代将軍徳川吉宗の享保の改革、吉宗の孫の松平定信の寛政の改革、そして水野忠邦の天保の改革、これらの行政改革は成功したとは言えませんでした。経済改革や政治改革をいろいろとやるのですが、中でも文化行政に関する改革は非常に強いものがありました。

松平定信は学者で文章家でもありましたので、文化行政改革を徹底的にやります。下らない奴は全部排除してしまいました。天保の改革の水野忠邦も非常に文化的な素質のあった人で、例えばどうも今の芝居は政府批判がひど過ぎると見るや、江戸市中の芝居小屋を全部廃止すると宣言するのです。そうすると当時あまり目立っていない北町奉行遠山金四郎という人物が出て来ます。彼は老中水野忠邦に芝居は江戸庶民のガス抜きで、それを厳しく取り締まったり、廃止したりすると民衆が騒ぎ出すからやめた方がいいと具申するのです。そうすると忠邦は、「そうか、そのような考え方があるか、それなら芝居小屋を全部川向うへ持って行ってしまえ」と、江戸市中から浅草に移転させたのです。そのとき、芝居小屋を持っていた人達が本来ならば芝居小屋がつぶされるところを遠山金四郎が助けてくれたと感謝するのです。それで、芝居で金四郎をヒーローに仕立て上げるのです。「この桜吹雪が目に入らぬか」と金四郎がお白州で見栄を切ったと言われていますが、実際は桜吹雪のような大きな刺青は無く、あざの様な小さな彫り物があっただけだと言われています。それは芝居小屋の人や座付作者たちの遠山金四郎に対する感謝の気持ちからでした。これは天保の改革であったことでした。

一つ前の寛政の改革、これは地獄でした。松平定信はそんじょそこらの学者より遥かに文章が読める人でした。この人がこういう体たらくの文章を出したら世の中を乱す、あるいはこのような政治批判は困るとして徹底的に弾圧を加えたのです。民衆はみんなへたへたとなってしまいました。「原発、何だよ、なんで俺たちが被るのだ、お前たちが作ったんじゃないか」と言いたいことがみんな一杯あるのです。ところが、そんなことを言うとみんな弾圧に遭ってしまったのです。

当時弾圧のきっかけになったのは黄表紙と洒落本でした。まず黄表紙、青本とか黒本とか赤本が当時ありまして、大人の読む本には色がなく白い紙に印刷がしてあります。子供向けの本は今ならマンガ本ですが、もう読み捨てで保存の必要がないから、赤いざら紙とか黒いざら紙、青いざら紙などあまりいい紙ではないものが使われていました。それを大人向けの遊びに書いていこうというので黄表紙としたのです。つまり大人向けのマンガ本です。一〇年前は電車の中でサラリーマンがマンガを読んでいると「何だ、日本の大人も堕落したな」と言われましたが、今は普通の光景です。その大人のマンガ本は何をテーマにするかというと、皆さんにドラゴンボールの話をしてもピンと来ないと思いますが、大人が読んで面白い本というのは、いわゆる格闘技物みたいなものはあまり見ないのです。実際に少年マガジン、ジャンプ、サンデーなどではない大人向けに作られたマンガを見ますと、何かヒーローが活躍する場面でなく、体制にチクリと針を刺す、そういうものが大半です。サラリーマンは朝に日経新聞など、政治、経済などの新聞を読んでいます。ところが帰りはタブロイド版の夕刊を読んでいます。朝の新聞が新総理への期待の数々を記事にすると、夕刊タブロイドには総理への皮肉ばっかりの記事が載ります。ジャイアンツの黄金時代の夕刊タブロイド紙は阪神の記事ばかり、つまり、皮肉というものをたっぷり利かせた記事を大人は楽しむのです。

だから寛政の改革が一気に進んで行ったとき、定信への皮肉たっぷりの黄表紙が大売れに売れたのです。その時、鈍い老中だったらアンテナが低くて気付かなかったかも知れませんが、定信は気付きました。「この野郎こんなことを言いやがって、けしからん奴だ」と黄表紙の作者に弾圧を加えました。

弾圧が進むから別なやり方でないと駄目だなというわけで、それを進めた形で皮肉を一寸薄めて笑いにしちゃおうとする洒落本、あるいは教訓的なことを少し入れれば定信も喜ぶだろうとした談義本、談義本は教訓的過ぎて窮屈なので徹底的に笑いとばしてしまえという滑稽本、つまり、これらの本は政府批判をカモフラージュするものでもありました。

政府批判のカモフラージュの変遷が黄表紙からずっと続く変わり方だったと思います。他の人は言いませんが、私だけはそう思っています(笑)。

その後、大人の「かっこよさ」「粋だ」「通だ」などがどんどん磨かれてくるのです。「お前ホントに駄目だな」「おまえ馬鹿だな」と言ったらそれで会話は止まります。私は教員を長い間やっていますが、学生に対して「お前ほんと怠け者でグズだな」と怒ったら、その学生は二度と私と目を合わせません。それに対して「おまえはほんとのんびり屋さんだな、じっくり考えないと前に出られないんだな、いいんだよそれで」と言うと「どうも」と来る。言い方ひとつで人の心が変わるものです。

人間関係とかコミュニケーションとか、そういう大人のかっこよさをどんどん磨いて行ったのが江戸文学であります。考えると実はそこに川柳が乗っかっているのです。あからさまに「今の老中は馬鹿野郎で」と批判をする。それで黄表紙や洒落本が弾圧を受けると、すっとオブラートに包んでしまう。オブラートに包み過ぎて何を言っているか分からなくなった川柳もありましたが、そういう風にして川柳は磨かれていったのです。

4、川柳の生成、その時代背景と文壇的背景

まさに川柳はこの形から生まれ、五七五、僅

か十七文字の世界でありますが、時代の変遷を潜り抜けてきました。俳諧の苦悩もありました。短歌の苦悩もありました。勿論川柳の苦悩もありました。それを頭に入れてもらえれば、私の言いたいことが段々と分かってもらえると思います。

その川柳の生成期に柄井川柳とか呉陵軒可有などの天才川柳家が現れますが、全部批判精神のカモフラージュというか、オブラートに包んで、円く柔らかくチクリと刺すことを編み出していった人達なのです。

天保年間になると、この川柳が行き詰まります。水野忠邦や遠山金四郎がいた時代ですから結構批判してもいい時代だった筈ですが、偉い川柳家が出なかった。批判精神が消えて妙に教訓的なものばかり、つまり私から言えば川柳の暗黒時代に入ったのです。全然、川柳でない道路標識のような句、「飛び出すな車は急に止まれない」そんな句ばかりが並びました。

それが明治に入って、もう一度川柳を見直そうというグループが出て参ります。先ほど申し上げた阪井久良伎や井上剣花坊です。そのとき剣花坊達の句を先回りして新聞に載せる意図、つまり時事川柳、政治的にチクリと刺す川柳というものをなんとかして日本で流行させたい、だから新聞記者、もしくは川柳欄の担当者に時事川柳の流行を促すように動けと命令する勢力がありました。それは結構、時代に合ったやり方でした。何故かと言うと、明治は政治の時代だったからです。批判するにも皮肉るにも題材が沢山ありました。例えば、新橋、柳橋、江戸の遊郭、そこにさつまいもがゴロゴロ転がっている。そのような批判精神は明治には多くあったのです。

その後の時事川柳は今ひとつうまく行きませんでした。それは仕方無いことです。明治維新の頃は、天皇は神としての大義名分がありました。大逆事件以降、天皇は正しく神になりました。その瞬間、石川啄木は「日本はもうお終いだ」と日記に書いています。永井荷風は三田の慶応に行く途中、大逆事件の囚人馬車を見て、「俺はオピニオンリーダーで何か言わないといけないのだが、怖くて何も言えない。俺は江戸時代の戯作者になるしかないなあ」と覚悟を決めるのでした。そこから日本はどんどん変わって行って一九四五年八月十五日を迎えるまで、まっしぐらだったのです。この時代に時事川柳でチクリとやるのは非常に困難なことでした。そして重い課題でした。だから久良伎にしても剣花坊にしても、その課題の重さに耐えかねて時事川柳の完成まで到達出来なかったのです。

5、川柳の方向について

ここで起承転結の転の部分で「笑いの意味」を考えてみましょう。笑いという漢字、竹かんむりの笑いという漢字、わたしは資料では意識的に「笑い」をひらがなで「わらい」と書いています。実は笑いという字はもともと花が咲くあの「咲」だったのです。木に関係するものは木へん、草に関するものは草かんむりなのです。竹とは全く関係ない。竹かんむりの笑いというのは実は中国語のスラングが日本に入って来たのです。竹かんむりの下の「よう」という字は女へんをつければ「妖」になります。つまり中国語のスラングで妖しい笑いには竹かんむりをつけたのです。女の笑い、「ちょいと寄ってらっしゃいな」なんていう商売の笑顔が、竹かんむりの「笑い」だったのです。

　これが日本に入って来たとき、「笑い」として誤用されてしまったのです。このスラングが来る前、日本はどんな漢字が使われていたか調べてみました。古事記では「笑」は使われず「咲」が沢山使われています。例えば高天が原で天鈿女命《あめのうずめのみこと》が岩戸に隠れた天照大神を迎えるために舞台に上がります。その時の衣装はつる草で上半身をたすき掛けにして腰みのをつけていました。胸は丸見えで下半身も腰みのの下から覗いていました。それを見て居並ぶ神々がやんやと咲いさざめいたと、古事記に書いてあります。それで、古事記では「咲」が「笑い」であったと分かったのでした。

　私が今お話ししようとしているのは竹かんむりの「笑い」ではありません。これはもう少し暗くなってからお話しした方がいいのです。（笑）

　「咲う」という日本語は何処から出てきたのか、柳田国夫はわらいは「われる」という言葉から来たと言っています。何かパカン、パリンと割れる。何に例えればよいかというと、赤ん坊の寝顔、つるンとしているあの顔は「種」なのです。目が覚めると、きゃっきゃ、きゃっきゃと笑いだす。まるで種子がパカッと割れた感じです。つまり人間のわらいと種子が割れるのが、たいへん似ているので、「われる」と「わらい」を同義に使われたとしたのです。なかなか面白い。なぜ面白いかというと、植物の種に着目している。植物が芽を出すには種を大事に埋めたのでは駄目なのです。種を割って芽が出る。花が咲くには種が割れなければいけません。つまり種が「わらわなくては」いけないのです。種がわらうと芽が出て実るのです。そして実りをいっぱい手に入れると「豊かな」気持になるのです。豊かな気持になると「幸せ」な気分になって皆が「わらう」のです。この「咲」「実」「豊」「幸」の円環の方式を農耕民族はみんな知っているのです。

狩猟民族は知っていません。「笑う門には福来る」ということわざを私達は非常に大事にしているのです。まさか、日本の首相が「この不景気、急激な円高から回復するために、みなさん笑ってください」と言ったら「馬鹿じゃないか」と言われてしまいます。そんなことは総理として言うことではありませんが、実は金もかからず、労力も要らないのが笑うことなのです。笑うことで四つの円環の中に入ることが出来るのです。

震災後、気仙沼、女川などに行ってきました。津波で家を流された人、家族を失った人達皆が笑っているのです。すごいなあと思いました。やせ我慢かもしれませんが、「しょうがねーよ、笑っちゃうしかないよ、後ろ向いてもしょうがねーもん、前見るしかないもんな」と言っていました。

全て失くして笑うほかない人達は、たくましく早く回復すると、私は思います。後ろ向きで、なんでこんなことしなくちゃならないと、うつむいている人はなかなか回復しないと思います。

例えば、正月の神事にげらげら笑う神事があります。わっはっはと神様の前で笑うのです。笑うと幸せがやって来るということを示す神事です。私はこのことを、一生懸命に勧めています。

ここに限らず、現代の日本人が一番忘れているのは「わらい」ではないかと思います。笑いにもいろいろあります。あざけりの笑い、さげすみの笑いなんてネガティブな笑いもあります。子供の頃は左右対称の笑いが出来るのですが、だんだん大人になると、顔半分で笑ったりして左右対称の笑いが出来なくなってしまうのです。その左右対称の笑いを回復することが今の日本にとって一番重要なことではないかと、私はそんな気がするのです。さて、これが「転」で余談になりました。

6、川柳の三要素からの考察

川柳は「うがち」「おかしみ」「かるみ」この三要素を複合的に持ってはじめてひとつの川柳と言えるのです。「うがち」だけでは川柳の本道とは言えません。「うがち」だけで江戸の作家達が、手鎖を食らったり自殺に追い込まれたりしてどれほど苦しんだかを既に確認しました。だからと言って「おかしみ」だけを求めて、げらげら笑うそれだけでは駄目なのです。あるいは「かるみ」だけを求めても駄目なのです。

川柳の王道はこの三要素を複合的に持った形なのです。「うがち」と「かるみ」が重なったところに「おかしみ」が醸し出される。それが川柳の王道なのです。「うがち」でチクリと刺す部分を持って、あまり重々しくない「かるみ」で味付けをしたところに「おかしみ」が出てくる。これが川柳の王道なのです。「うがち」は「穿ち」、穴かんむりに牙、牙で穴を開けるのですから相当きついです。人間はなぜ笑いというテクニックを手に入れたか。生物学的に考えると、実は犬とか猫も笑うといいますが、人間ほどあからさまには見えません。では何故、人間が笑うというテクニックを手に入れたかというと、人間は弱かったからなのです。発生時、人間には外敵が沢山いたのです。草むらでガサガサしたとき、敵だと牙をむきだしたのです。ところが草むらから同じ仲間の人間が出て来たとき、あなたは敵ではないという表情をしなければいけません。怒りの表情から私はあなたの敵ではないという顔の表情に変わるのが「笑い」の表情なのです。私は「うがち」だけでは「笑い」はとれない。「怒り」しかとれない。それを「かるみ」にして初めて真中に「おかしみ」が出るだろうと考えます。

7、さて結論に入ります

明治川柳の目指すものは時事川柳でありました。それは明治が政治の時代であったから、そうならざるを得なかったと思っています。今、昭和から平成の時代、政治の時代ではなく経済の時代だと私は思います。その経済の時代にどのようなチクリが流行っているかと言えばサラリーマン川柳ではないかと思います。

サラリーマン川柳はなぜあれほど流行しているのか、なぜあれほどニュースソースになるのか。そこには経済の時代のサラリーマンの笑いがある。経済の時代の風刺が、あのサラリーマン川柳の中にあるのです。

民衆の時代だったら、あるいは法律万能の時代だったら、川柳は別の形に変わったと思います。川柳は先ほど申し上げた方円に縛られない芸術です。発生当初から方円に縛られない自由人の芸術であります。だから川柳は時代を引っ張る力を未だに持ち続けているのです。

これが風流である、風雅である、あるいは正岡子規がこう言った、松尾芭蕉先生がこう言いました、というような形で進めて行ったら、なんにも時代を引っ張ることは出来ません。自由な方円、器を持っているからこそ、自由に人々の精神を汲み取ることが出来る。そうして新しい芸術を作っていく力が、川柳にはあると思います。

川柳というと風刺ということが非常に重要になってきます。風刺という言葉はアイロニーであること、揚げ足とりであること、当て擦りであること、当て付けであること、嫌みであること、毒舌であること、皮肉であること、耳障りであること、どれもこれもネガティブな言葉ばかりです。でもこのネガティブな言葉をどのようにしてポジティブなものに切り替えるか、これが川柳の芸術性であります。

話は飛びますが、平安の昔は風流の人を「色好み」の人と呼びました。江戸になりますと「好色」の人と呼びました。ここで使われる「色」とは普通の人とは違う見方のことを指します。普通の人は風景を見てもモノクロにしか見えていません。しかし、風流人はそこをカラーで見ます。その特殊な目を持つ人を「色好み」「風流」と呼んだのです。江戸になるとその風流の視点が自然から人間へと移ってきます。その人間関係において特殊な目を持つ者を「好色」「風流」「粋」「通」と呼んだのです。そうなると人間関係で相当訓練された人でないとその境地をつかむことができない。まさに川柳の目指すところは、その視点の妙にあるわけです。年齢と経験の裏付けがないと分からないということです。

さて、今年の三月一一日以降、私は心の置場を悩み続けています。そのとき私は何処に心を置くべきか、半年以上悩み続けてまいりました。おそらくここにお集まりの皆様は、川柳という世界を十分にご存じだと思います。この川柳の精神こそ日本人のこれから求められる力ではないかと思います。

ノーと言える日本人も必要です。嫌だとはっきり言おうとある人が言っています。彼のようにノーとはっきり言わないと日本は国際国家として成り立たないという言い方もあります。でも私達日本人はノーという言葉に慣れていないのです。だって私達の先祖はずーっとノーと言わないで、ノーという気持を伝えるテクニックを身につけていたのです。

この三月一一日以降、もっと川柳のように「うがち」と「かるみ」をあわせて「おかしみ」を化学反応として生み出していく、こういうテクニックを磨かなければいけないのだと痛感しました。対人関係や学生に対しても「お前ホント馬鹿だな」と言いたくなる時があります。でもこれでは化学反応は起きません。どんなに嫌なことを言っても、相手がにっこり笑って「うーん分かった」と、言わせなかったら負けなのです。この感覚は日本人特有のものです。一時間の私の言いたいことはここまでです。

長丁場、ご清聴ありがとうございました。

（平成二四年一〇月二二日）

私のユーモア川柳この一句

五時までは素知らぬ顔が社内ラブ　河野　海童

見えない字メガネかければ読めない字　菊池　青乱

混浴を訪ねてみれば足湯なり　木下　敏郎

サラダだけ褒められているおもてなし　櫛部　公徳

カラオケで曲はいいねと拍手され　楠　勝夫

無骨より白魚好きな電子辞書　熊谷　勇

耳かきのついてる妻の膝枕　車田　巴

ゴキブリの暑中見舞いだ呆けられぬ　黒田　泰子

キャバクラに別れた妻が居るらしい　小泉　正夫

美人薄命きっと早死にしてみせる　小林かりん

気を効かせ疎まれ損な役回り　小山　一湖

暗算が可能な程の資産表　佐伯　清美

倦怠期吹き飛ばしてる指相撲　佐竹　明吟

電柱に挨拶してる千鳥足　佐藤喜久雄

図書館へ毎日通い昼寝する　篠田　和子

アニメ見て泣くこともあるお父さん　島田　陽子

なめてみて塩だと分かる妻の留守　城内　繁

ユーモア党宣言！

第３章
ユーモア川柳の彩り

第20回今川乱魚さんを顕彰する
とうかつユーモア賞
ユーモア川柳の部　参加作品

お行儀は子より先に犬覚え　勝田　三粒
借り上手忘れ上手に騙される　稲毛　寛
人生を楷書で暮らし無一文　稲毛　寛
断捨離を「何処の米だ？」と婆が訊く　南方　岬
捜したがポスターの美女のいない風呂　南方　岬
影法師いくら踏んでもくじけない　大野たけお
お互いに悪者にして誘う酒　穐山　常男
年金日その日に家出する諭吉　林　行雄
皿割らぬ嫁も姑のしゃくの種　板垣　孝志
お前のを売れと金歯でもめている　板垣　孝志
女湯に赤ちゃんが来て花が咲き　かわちゃん

正直に言った残りは全部ウソ　平澤　照雄
同窓会名札をみてもピンとこず　船木　正子
患者よりパソコン見てる医者の背　笹島　一江
人生のサンプルを見るクラス会　笹島　一江
失敗で出来上がってる人生譜　笹島　一江
嘘つきな運命線を睨みつけ　笹島　一江
飲み込んだ種子が定年後に発芽　片野　晃一
面接官社会の窓が開いていた　帰城　達矢
家なのにアウエー気分お父さん　帰城　達矢
手を引いた孫がいつしか杖になる　松岡　満三
忘却と言わせぬ妻の勘の良さ　今井　源親

生きて来た証申告書が語る　今井　源親
正義とは損するようになっている　田岡　弘
セシウムと混浴してる露天風呂　菅野　清
夫への小言が妻のエネルギー　菅野　清
ポスターはみんな晴れてる観光地　田村常三郎
病院は毎度ありがとなど言わぬ　木崎　栄昇
人間はもう要らないという地球　木崎　栄昇
イケメンもいいが昭和のよか男　小松　多聞
貧乏のおかげ河豚にはあたらない　中武　重晴
口紅も入れて遍路の旅支度　中武　重晴
平凡をしあわせと読む共白髪　宮内みの里
霊柩車だけはやらない試乗会　大政　利雄
人からはできたご主人だと言われ　岩堀　洋子
希望校絵馬が無理だと風に揺れ　油谷　克己
マザコンと知らず息子を褒めている　加瀬田フサヱ
整形はしないと決めているかぼちゃ　樫村　日華
競馬ウマ顔の長さで勝負する　宮原　常寿
神仏を祀って式で十字きる　山田とく子

筆まめな友へ負けずにメール打つ　山田とく子
ダイエット一時休止のお正月　武井　愛子
持ち主は知らぬ臓器のリサイクル　宮本　次雄
父は理科母は文科で子は演科　佐藤　喜一
拝んだり貶したりして妻を詠む　黒田　正吉
予報士は洗濯物も指図する　黒田　正吉
年寄りは休肝日より休薬日　大塚　禎三
イクメンの茹で方を聞くお婆ちゃん　中原たかお
一つなら美貌か金か健康か　古田　水仙
電話なら自信あります声美人　古田　水仙
欲しいもの地球を冷やす冷蔵庫　高東八千代
ブータンもいいが日本を愛してる　船本　庸子
お見舞いの嘘のセリフを聞く患者　淺見　心象
座布団の段差に歳がひっかかる　岡　さくら
ワリカンが下戸を上座に座らせる　大竹　洋
ストレスをもらいただ酒高くつき　大竹　洋
安物のシャツで恩まで着せられる　長峯福太郎
渋滞を重体ととる電話口　湯本　良江

押さないで天国行きは混んでいる　山崎三千代
笑う門に鬼が立ち寄ることもある　難波ひさし
二番目に好きな物ならお酒です　難波ひさし
ちょうどよく忘れて同じ話聞く　中村みのり
優しくて般若のような妻である　久保田見乗
クーリングオフ押入れが引き受ける　久保田見乗
カーナビに無い冥土への道しるべ　薄木三四郎
復興分含むと書いてある定価　柳谷　益弘
脳死かと言えば起きます二日酔い　市村　文男
一病が闘志を削り丸くする　黒木　英子
お先にとライバル達は星になる　黒木　英子
心臓は強いがおんな口説けない　小原　正路
年頭にあたり錠剤整理する　川合　笑迷
カプセルの大吟醸はありますか　川合　笑迷
ご祝儀は私のもので妻のもの　川合　笑迷
元日に着いた賀状の好感度　森永　榮介
粗大ゴミ妻の気付かぬレアメタル　大沢　　覚
風評で耳が迷子になってくる　長谷川庄二郎

行間が絆と読める年賀状　長谷川庄二郎
口だけは元気五体は不満足　長谷川庄二郎
口笛が地面を蹴って歩かせる　長谷川庄二郎
渋ちんもこっそり買った宝くじ　内山しずか
墓地ひとつ更地のままで平和です　菊田　信子
税不足イケメン税はどうだろう　中島　久光
へそくりを手招きしてる消費税　篠塚　　健
縋りたい背中に湿布ばかりある　阿部　治幸
勉強しろ金はあるかと子が返す　川崎　信彰
生き過ぎて七十億に懺悔する　松本八重子
残り火がスパークしない老いの恋　山口チイ子
火の車走らせている虚栄心　山口チイ子
千鳥足の一歩もおなじ万歩計　吉崎　柳歩
絶頂期買った金庫が欠伸する　川崎　敬女
君と僕愛し合わなきゃもったいない　居谷真理子
値下げ後の宇宙旅行を狙ってる　古川　茂枝
ニワトリになった気分の物忘れ　伏尾　圭子
お歳暮の届いたころが華だった　奥宮　恒代

もみじよりカメラは美女を追いたがり　五月女博志
多忙でも暇でも文句たれる主夫　中沢　広子
愛よりもお金に比重要介護　中沢　広子
脈とらぬ電子カルテのひとり言　山荷喜久男
医者通い無い日が妻の日曜日　山荷喜久男
日の丸がどこにも立ってない旗日　山荷喜久男
お達者な米寿が古希に発破掛け　長谷川路水
散歩道良くない事も考える　除田　六朗
縦穴式住居を出ないアナログ派　除田　六朗
飲み仲間昔はお酒今薬　田崎　信
津波よ来るな私は高所恐怖症　坂牧　春妙
失敗は笑って年の所為にする　水井　玲子
大阪のジャンヌダルクは男の子　新田　千尋
年金は復興債に役立てる　黒崎　和夫
人混みを歩く大人になりたくて　日下部敦世
税金は弱い者程よく取られ　加藤　周策
来て欲しい家には来ない福の神　加藤　周策
ライバルの君と一番仲が良い　塚本　康子

近頃はあれこれそれで暮らしてる　北見　風子
試食して後は離れるタイミング　六斉堂茂雄
マジックのように記憶を消してみせ　根岸　洋
メモだけを持った男のお買い物　長尾　美和
先生の本から落ちたクローバー　菖蒲　正明
張力の実験見せるコップ酒　しっぽ
お料理の自慢などしてプロポーズ　佐藤　千四
６３４でも変わらぬ夕日３丁目　小川文海胡
ゴミ捨てのついでに出社する夫　吉川　純太
天国へ単身赴任した夫　吉川　純太
アメーバが蠢いている会議室　八木　孝子
二枚目になれず三枚目じゃ不満　新家　完司
俺だけを怒る女房と雑煮食う　土橋はるお
カラオケと食べる時だけ歯をはめる　河合　守
電卓が選ぶ息子の受験校　松本　康男
我が家でもタニタメニューでダイエット　松本　康男
満面の笑みで崩れる厚化粧　中島　宏孝
泣けばいいい飯食べてまた泣けばいい　松本　宗和

鈍行の乗り場が見えぬ定年後　松本　宗和
川柳に溺れ夜な夜な寝言する　長野　峰明
反省はおなかいっぱい食べてから　田中　章子
補聴器が余計な話まで拾い　永井しんじ
口喧嘩無口な人で噛みあわず　下田　幸子
歯を見せて笑った顔で逝くつもり　佐藤　善昭
オレオレと犬をなだめて朝帰り　佐藤　善昭
決算の黒字監査がすぐに済み　山本由宇呆
休肝日飲まない妻も休甘味　斎藤　弘美
間が持たずお世辞付け足す別れ際　下村　俊夫
酎ハイが薄めてくれる妻の愚痴　中原　政人
ままごとが暴露夫婦の車間距離　中原　政人
片付いて心行くなと叫んでる　松尾　嘉春
婚活にこころをリンスして出掛け　望月　弘
カタカナを噛み砕けずに歯周病　望月　弘
栓抜きの職を奪ったアルミ缶　望月　弘
末席で下戸と音痴がよく食べる　猶原しげの
ライバルを超えているのは長寿だけ　猶原しげの

年金の元とれる程妻は生き　上野　浩子
子手当がなくなる頃に子は産まれ　上野　浩子
アルプスをくすぐるリニア山笑う　工藤　豊彦
半泣きの顔しかできぬ福笑い　右田　俊郎
猿回し見方変えれば人回し　右田　俊郎
腹八分残りの二分は酒で埋め　太秦　三猿
神様に内緒で仏にも頼む　太秦　三猿
合唱にわたしの小節疎まれる　植竹　団扇
片方の耳だけで聞く妻の愚痴　辻　久
候補者に握られた手だよく洗う　辻　久
ここ掘れと鳴かないポチを飼っている　石川真智子
鍋蓋がケタケタ笑う長電話　平井　丹波
一つにはならぬ記憶を突き合わす　野口　和子
物忘れ笑えるうちはいいのだが　野口　和子
厚化粧はがし忘れたサロンパス　滝田　玲子
飼い主に似てよく笑ううちの犬　南　芳枝
アナログでスマートフォンに遊ばれる　上野　浩子
ドンマイとハローワークの友が言い　上野　浩子

ビル風のセクハラだれも咎めない　横塚　隆志
隠してる札束そっと数えてる　岩崎　公誠
ＡＫＢひとりぐらいは男だろ　岩崎　公誠
万国旗文句も言えず手を繋ぐ　鈴木　頌流
誇らしく哀しくもある夫の背　高松　孝子
売れてます売れない品に付けて売れ　蛙屋　柳斎

○

四月馬鹿だましたつもりがだまされて　原田　英一
死にたいと豆腐の角を見据えてる　長谷川哲夫
だましたつもりだまされて気がつかず　原田　英柳
猿の芸真似て万歳したくなる　山口　幸
過疎のバス赤字を乗せて走ってる　市川　正子
腰曲がり嫌がっているハイヒール　市川　正子
おじいさんそれは私の入れ歯です　渡邉　利子
ニュートリノ使い十八歳になる　松岡　満三
知らぬ間に顧客にされたクリニック　星　三男
宝くじ何度したろう皮算用　真島十三枝

定年後妻のポッケに入り込む　小出　順子
お酒よりママの小言の休言日　稲毛　寛
徘徊じゃないぞ散歩だ皆の衆　山縣　幸統
国債はうんと発行せよ傘寿　山縣　幸統
体重計腹を凹ませ上がる癖　山口　昭悦
おじさんも茶髪に合わすハイタッチ　北村　泉
せめてもとサマージャンボを遺産とす　北村　泉
好きな娘の前ではピエロ演じてる　仙石　弘子
なぜだろう男パンツ盗まれる　帰城　達矢
職業欄作家と書いて茶を濁す　江崎　紫峰
踏んじゃった猫と間違え虎の尾を　鈴木　良二
この父に予備妻が居た百ケ日　林　行雄
トイレ起き嫁の寝相に惚れた夜　大森　隆
ご飯ですよケータイが呼ぶ核家族　成島　静枝
日本語は知られ犬語はわからない　原　脩二
葱の皮ひと息で剥ぐベートーベン　沢木　京
老友の手紙病の事ばかり　和田　寿一
弱腰のおとこ野良猫にも振られ　和田　寿一

贅沢に花見の酒に美女つれて　和田　寿一
二階から知らぬ女がおりてくる　土橋　螢
わたくしを洗うと黒い汁がでる　土橋　螢
自販機のタバコを買っているサンタ　加瀬田フサヱ
駅トイレ一歩前進教えられ　本郷　宏
特技欄寝ワザだなんて書きにくい　宮原　常寿
野鳥らと覇権争うウチの柿　小島　一風
留守電話いやがらせでもちゃんと受け　明石　幸風
老いの手も優しく竜を鳴かせたり　明石　幸風
鳴いているあれは無職の腹の虫　林　行雄
健康を食べて寝てみて確かめる　阿部　悦子
置き物の蛙出迎え欠かさない　中沢ゆり子
自販機にタバコ高いと文句言う　川道　好隆
台詞無い子役舞台で寝てしまう　為永　義郎
放映に妻を愛すと言わされる　大塚　禎三
自分史がつい自慢史になる不遜　四分一　泉
暖房の一等席は妻と猫　田原せいけん
妻の留守目覚まし二つつけて寝る　信　寛良

期限切れ薬わんさと持つ元気　新井季代子
寅さんもひさしも居たよフランス座　佐藤　喜一
蘊蓄が過ぎてお店に閑古鳥　敏　郎
賞取ると妻が座卓を買いました　山下　博
申告書に指傷の血が血税か　山下　博
１０円を拾った人と目が合った　中西　輝
出目金の目にはかなわぬにらめっこ　問可　庄子
食べほうだいそう言われても胃はひとつ　鈴木　広路
狸寝へ般若心経あげてやり　山口　高明
父の話にふんふんふんと大人びる　船本　庸子
リハビリが遊び心を太らせる　白石　昌夫
公園の鳩に教わる生きる術　淺見　心象
自己流で書く意見書の人間味　高瀬テルオ
賞味切れまずは夫に食べさせる　鈴木千代見
通風の医者に通風診てもらい　鈴木千代見
リモコンが炬燵城主の手先なり　本間千代子
つけ睫毛眼鏡浮かせてそっと掛け　本間千代子
もう六十がまだ八十と祝い酒　田中　幾雄

薄型のデジタルテレビ叩けない　堀　正和
姑が元気になった減らず口　山田紀代美
馬の骨連れて娘が来ると云う　田尻美代子
縁側で猫語を覚えミケになる　山崎三千代
同業と言ってセールス追い返す　宮本彩太郎
泣く子黙らせる男でムシ嫌い　宮本彩太郎
行列の出来る神社で買う御札　藤ノ木辰三郎
名医でも治してくれぬ脛の傷　岡田　淳
順調に老人になる聴診器　安島　國雄
タイプではないが肉ジャガは旨い　菊地　良雄
旨かったかい絵に描いたマニフェスト　宮内みの里
なぜ叩く渡る石橋一歩前　中曽根恭子
知恵の輪がガチャガチャいって未だ使え　大村　利朗
パソコンとスマホ人差し指で足り　成島　静枝
口上に財布笑って口を開け　深川きんぎょ
三猿は時と処で使い分け　増田　幸一
アルコールの名が付きゃノンでもいいらしい　増田　幸一
急かすなよ仏にはまだ未熟者　青柳　忠

地の神をほっぽらかしで伊勢参り　曽根田しげる
テレビ切る夫の鼾はたと止む　広　雪
年賀状まだ生きてたか恩知らず　花形　充泰
生き下手でマスターキーが離せない　北山　蕗子
善人にされて足踏みばかりする　北山　蕗子
空き店舗ネズミが後を借りている　横尾　信雄
勝ち誇る妻にゴキブリ泣き叫ぶ　横尾　信雄
ファイティングポーズで入る受験場　句ノ一
無駄口の分だけ尻が重くなり　岡野　満
眺め足りない退職金を寝押しする　山本美和子
ソーラーカー晴耕雨読と洒落ている　石田　一郎
長生きの手相嫁には黙っとく　佐竹　貴美
女子会はシニア料金効く店で　船本　庸子
若者に渡さぬティッシュケアホーム　船本　庸子
一人二個限りに強い大家族　佐道　正
おおっぴらに出来ない恋でスミマセン　阿部　治幸
水仙を食べてしまった白い髭　柴垣　一
なでしこと孫の名前を付けてやり　君成田良直

スイーツの話に男熱くなり　松尾　貞美
お医者さん加齢ですとは言わないで　山根　吉城
龍のヒゲ災難察知安堵くれ　大前　安子
ノンアルコール熱中症にいいらしい　中澤　巌
煩悩も百九個目は年を越し　馬場　長利
皺くちゃな札へも無心最敬礼　木幡　晴天
飲み過ぎへ妻が突き出す赤カード　五月女博志
七十億の一人射止める白羽の矢　つじこうじ
人畜に無害となって老い一人　藤沢　健二
俺の蔭三歩下がって踏み付ける　高野　善造
マスクしたママはとっても奇麗だね　高野　善造
迂回した道にもあった落とし穴　今泉　天象
Vサイン3歳の子は3を出す　田中　堂太
たんぽぽは肥やし貰ったことがない　柏野　遊花
太陽に嫌われている屋根もある　伊藤三十六
BCのカップで迷う試着室　堀　松白
酔いざめの水が女房の愚痴と来る　佐藤喜久雄
整然とファイルしてある要らぬ物　坂牧　春妙

あの人が死んだ死なぬで揉めている　澁谷　博
おいしいですかお札かぞえる指なめて　窪田　和子
角砂糖消え初恋は甘いまま　新田　千尋
コンビニで年齢調査されちゃった　菊地　順風
やつれたと言われただけのダイエット　毛利　由実
引力と歳には勝てぬ顔の皺　小林　宥子
肩書きを脱げば女房偉く見え　渡辺　孝夫
心まで日焼けして来る新学期　志田　則保
頭撫でポチと夫と子の躾　中川　洋子
キラキラと石鹸箱の美味しそう　丸山　芳夫
枯尾花出番が減ってから太り　加藤孤太郎
アトカタヅケ出来ぬ火遊び原子力　上西　義郎
こんな世だから太く長ぁーくポックリと　上西　義郎
大丈夫きっといい日が来るように　佐藤権兵衛
土手の草刈られ酸素が一つ消え　布佐　和子
美食家のホッペに海と山がある　折原あつじ
リストラへ頼れる順に手が挙がり　根岸　洋
脱ぎ捨てた衣のあとのあれは魔女　松田　重信

古典教材役立ってます漫画本　菖蒲　正明
お日様に勝てる私のこの笑顔　伊師由紀子
二時間でどんな謎でもドラマ解き　東條　勉
インプラント後二十年は生きてやる　野澤　修
寒稽古褉の行だが風邪をひく　諏訪原　栄
生ゴミの課長になって無給です　松田　重信
注連縄のついでにわらじまだ編める　舟橋　豊
ユーモアのある人生で長生きす　丹能　永子
妻が出すパンとオデンで食事する　内田　信次
うるう秒に関係ないと腹時計　森　智恵子
いい女誘ってみたらニューハーフ　原口福太郎
触られてイヤとは言えぬスマホです　杉野ふみ子
ご機嫌な薬缶鼻歌三拍子　田辺サヨ子
生卵抱いているから帰ります　田辺サヨ子
美味いもの全部テレビで食っている　長島　康
灰皿の身の振り方を税が決め　小林　修
若者を運び終わった線路錆び　金子　秀重
傾いた家を地震がなおしてく　河合　守

お呼びなく箪笥のスーツ欠伸する　松本　康男
迎え火は事情があって朝に炊く　井手ゆう子
ひな飾り五人囃子はリストラか　小川　定一
親の脛齧り足らずに孫と来る　滝沢しま子
カーナビと意地張り合って道迷う　高山　睦子
器量より気前のはずが恐妻に　伊藤　一枝
ポチと儂石段見上げ動かない　永井しんじ
不美人も笑った顔は皆美人　平野　一郎
久しぶりの訛が急に出て来ない　山本由宇呆
おかめでも極楽浄土行けますか　加地加代子
初恋の想い出笑うクラス会　畔柳　晴康
派手を来て得意顔して笑われる　畔柳　晴康
婚活で拾った玉が光り出す　松尾　嘉春
除染する地球の膿を鋤くように　河野　桃葉
友達でいよう進行形破局　望月　弘
盗聴器つけて聞きたいタバコ部屋　角田　創
検査よし祝杯もよし明日の夢　古田　美雄
コンビニはミソも醤油も貸さないと　丸橋　野蒜

当番もシフトと言えばする掃除　加藤ゆみ子
妻に恋惚れ直したか惚けたのか　丸橋　野蒜
お年玉おとすものかともらえない　隅山　修平
おみくじで運勢決まる初詣　隅山　修平
渡り鳥スマホ操り御国入り　菅泉　徹
急行に抜かれますだと意気地無し　植竹　団扇
冬将軍さぼることなくこの寒さ　原田　英一

●ジュニアの参加作品

好きな子に好きといえずにクラス替え　宮内　嘉一
お母さんエコにならない長電話　玉木　桃香
金魚すくいすくって帰りおこられる　高橋　端葉
みつりんごまるごとがぶりシャクッジュワ　佐伯　美空
お友だち何かやってる気になるな　仙　太郎
銀世界くつが大地にしずみこむ　河野　百花
弟に寝てる？ときけば「うん」と言う　鮎川　芹菜
カレンダー全ての壁にかける祖父　伊藤　愛瑠
妹の人生相談聞き流す　榎木　野乃
弟が父に似てきてなまいきに　金山　美月
お母さん怒ると名前まちがえる　田中麻美子
おばあちゃんいつもあめちゃんもっている　田中麻美子
お客さん来たら絶対ごちそうだ　呉村　優佳
誕生日メールの音が鳴り響く　西田　百恵
猫が噛む採血よりも痛かった　広瀬　奈々

手伝って言われて行くともういいや　松本　涼音
雪だるま翌日見るとかまくらに　松本　涼音
ほっぺたが夕やけ見るとまっかっか　青木理香子
たんぽぽの花びらアリのバナナだね　吉村　葵紅
おかあさんおつかれなんだいびきゴー　山中　夢な
たつのかおマンガやさしく見えてくる　山内　幸太
お母さんおなかすいたと畑から　高橋　希実
大そうじやればやるほどひどくなる　長山　舞
カラオケで番が来たのに時間ぎれ　工藤　圭太
二万円またかぞえても二万円　五十嵐洸希
雪合戦はしゃげるほどは若くない　曽我はるか
体型を気にし始めた雪だるま　日暮　勇進
母の声電話に出ると若返り　丸山　雅仁
だんだんと父の背小さく見えてくる　松井　奎介
先生の死角に入り夢の中　岡部　伶香
授業中チャイムよ鳴れと腹が鳴る　橋川丈一郎
雪道を怖々歩く受験生　岩田　展枝
雪合戦少し心配放射能　小山　雄紀

誰の足こたつの中で大喧嘩　水口　恵
ポップコーン匂えば犬に抱きつかれ　大城　杏奈
新学期自分の席もあやふやに　吉本真奈美
一斉に地震速報授業中　白旗　彩帆
お帰りを言わなくなって何年目　宮入　風雅
「かわいい」と叫ぶ母親引く娘　秋本　澪
泣かねえよ笑顔でおくる先輩を　松永　壱正
卓球の球を打つのはフライパン　齋藤　倫
おばあちゃん会うたびいつもだきしめて　原田　優
真っ白な手の平サイズ雪うさぎ　佐々木彩乃
焦る君「携帯無い」と電話する　加藤瑛莉佳
姪っ子と歩いて母と間違われ　高橋　典子
昨年と同じ失敗する私　和泉　舞
嫌いって言いながら顔りんごさん　大嶋　瑠莉
卒業は終わりでもあり始まりだ　渡辺　匡嗣
パッと見はイケメンな人増えてきた　郡司　花恵
目覚ましの音に耐性ついてきた　井坂　紘基

○

背伸びして声裏返る自己紹介　三船恭太郎
リサイクルごみの山にもある宝　遠藤　悠太
噴火した山のようだなお母さん　佐々木大樹
百年後空飛ぶ車あるのかな　和田　夏乃
お母さん発電できるエネルギー　山本　雄太
お祭りがわたしのさいふからにする　安藤　咲月
朝スイカ昼はメロンで夜ケーキ　吉川　久真
赤まるの数を数えて母思う　丹　咲希子
ゆきだるまマフラーかけてもふるえてる　武田　宙夢
ラーメンを一気にすすってやけどした　木地谷怜旺
待ち受けた妻の説教鬼のよう　老川　愛希
ケンカして心の中がくもり空　森川　真菜
お正月みんなの心をおどらせる　吉川　早織
友だちはみんな持ってる宝もの　西　汐里
友だちがみんな笑うと楽しいな　叶
正月に日の出のあいさつ聞いてきた　新村　悠太
友だちはいきる自分のプレゼント　さわ村りおん

友だちと遊んで心がピッカピカ　斉藤　颯
はつ日の出きれいに見えるお正月　光　希
友だちはケンカするほど仲がよい　柚　希
足の指机でうって目が覚める　新木　智博
僕叫ぶここはこうだろゲーム機に　岩峰　晴也
ハックションこれでクラスが静寂に　岩峰　晴也
たまご焼き失敗していり卵に　金山茉奈実
朝おきてふとんをみると下にある　金山茉奈実
テレビ見る「何で」と問うが返事なし　金山　美月
全力でがんばる顔が僕は好き　鈴木　詠士
笑い合い相手の顔見てまた笑う　東條愛由実
手が進む勉強よりも食べ物に　萬雲　沙綾
「肩重い」「だれに？」と聞かれつい笑う　横山　七映
できないか店に行くたびたしかめる　青木祐太朗
十一歳たんじょういわいはカブトガニ　青木祐太朗
くじらさんもっとがんばれダイエット　青木理香子
ゆかた着て音頭で体飛びはねる　西尾この実
しゅくだいをしてるふりしてテレビ見る　大西ゆいな

いしょうがねねだんやすいとさけんでる　矢野はるか
母のけしょうかがみをみながら美人だろ　佐々木美月
ふとんでねねたふりをしてゲームやる　土居　直矢
うちのはははみためやさしいなかはおに　麻生ゆうせい
毎日のつみかさねから成功へ　山崎萌絵果
どきんがんどうしてメガネ忘れるの　丸山　詩織
今日もまた雑誌を読みすぎね不足に　中嶋　遥香
私だけノリノリなのはＤＶＤ　中嶋　遥香
お正月今年初めの給料日　五十嵐真衣
楽しみなアニメの時間停電中　石井　真帆
こわい話聞いてこうかいねむれない　鈴木　綾乃
被災者の冬はきびしい体育館　村上ゆかり
おもちをねたくさん食べたまんぞくだ　高根　涼子
川柳を考えてたら爆睡し　秋元　大輝
お正月おもちを食べて太りすぎ　伊東季実香
復興へファイト東北支援しよう　石曽根和花
夕日がねみんなをうつす帰り道　浅野　愛理
おでかけをする前日に熱出した　野澤　百合

震災地に再び希望がもどるように　関口貴美嘉
サーブするボールあげたが空振った　斉藤　憲明
中華街家族と行っていい気分　山下　淳
福島のキャンプ思い出いい気分　山下　淳
東北よあの日乗り越え立ち上がれ　加納　航生
東北の復興願い募金する　岩田　和樹
雪凍る自転車こけたわ・た・し　三上　遙香
ストーブを活躍させる外の雪　渋谷　崇行
持久走体育だけどやりたくない　立野　紘平
おとし玉年中おとしてくれりゃなあ　菊地　祥生
寝坊でも遅延証明でまだセーフ　渡邊　太樹
雪の空小児がこう言うお砂糖さん　山本　航裕
雪の朝すべてを語る濡れた尻　柏木　拓人
冬休み財布と私重くなる　大西　景子
五時間目ノート書く文字踊ってる　小林菜々子
雪白し吐く息白し飯白し　高橋　里奈
持久走雨の降るのを期待する　李　瑛桃
死は近い何度も思う持久走　吉原　詩織

プレゼントサンタの正体知らぬふり　中川　美雪
授業中お腹が告げるお昼時　三宅　美幸
どうしょう寝ても食べてもまだ足りない　梅田　真由
次はやる次はがんばる何回目　伊東　楓
「ひさしぶり！」あれ今の人誰だっけ？　所　七海
「勉強する」そう言ってから一時間　村上　雄馬
who is he？だれかわからぬ日本の首相　能勢めぐみ
成田線乗り遅れたら長すぎる　佐藤　喜昇
消費税百円ショップどうなるの　下平　旬範
授業中ついつい見てる時計の針　田中　菜々
試験前なぜか前夜にあせりだす　津島　直哉
目的地キップ失くして立ち往生　斎藤　航
冬の朝清少納言に物申す　岩田　展枝
初雪にはしゃぐ子供と嘆く親　新谷　佳菜
高校生本気で投げ合い雪合戦　中曽根小百
睡魔には敗れつづける授業かな　福島　美穂
駐車場雪が降ったらスケート場　福森　公喜
女子高生見ているだけで寒くなる　染谷紗恵子

正月のあのぬくもりが懐かしい　根本　一輝
真新しい雪に足跡つけてみる　藤田佳那恵
ストーブに集まるてのひら輪ができる　黒岩　颯
初雪に踊る心を抑えつけ　岩間　開
「先客か」こたつの中の丸い猫　塚原　悠
弁当は質より量がうれしいな　中村菜穂子
寒い朝こたつのせいで遅刻する　志垣　祐介
彼女より服より地位より金ほしい　鳥海　拓都
しもばしら生まれたては力持ち　小林由佳理
サクサクと冬の足音霜柱　安蒜　夏美
お正月財布も体も重くなる　矢野　未來
後ろから狙いを定めて雪合戦　飯島　一晴
ストーブにあつまるほっぺはまっかっか　小柳知花子
雪を見て喜ぶうちはまだガキだ　下泉　浩太
節分の鬼はいつも兄の役　大家　広之
雪を見て想像するものかき氷　峰　亮太朗
消しゴムを買わずに済むのが東葛生　阿部　光平
月曜日あっというまに金曜日　中原　真結

除夜の鐘気付くといつも終わってる　松本　航
お正月財布と腹が肥えました　小川　諒
猫達が体の上で丸くなる　落合　海人
蚊帳の外かゆいかゆいの大合唱　千葉　潮香
ありがとう一番すきな言葉です　仙波　実樹
鑑真よ来日しなきゃ目が見えた　蜂須賀大典
正月に太っておなか鏡餅　芳垣　真琴
寒い日はこたつとみかんこれでよし　秋山英里奈
七転び八起き今年が見せどころ　若命　智慧
ローマ字が暗号のよう英単語　加藤　千尋
電車内暖かすぎて寝過ごした　平田　実奈
彼女より幼なじみに会いたいな　虻川　瑠偉
馬鹿だけど僕にも出来る事がある　石原　雅樹
サンタさんバイクに乗ってどうしたの　紺田　優夏
誕生日祝うことなく過ぎていく　菱沼　優美
この冬は俺と布団は共同体　宇田川優貴
授業中冬は寒くて寝られない　西條　亮
浴衣きて気合いいれたら雨降った　藤谷　レナ

招き猫いつになったら金招く　植森　葵
こんぶ食べ元気百倍力こぶ　相馬　星奈
今年こそ入学式は晴れが良い　斉藤　瑞樹
休み明け無駄にすごした寝正月　阿部翔一郎
二度寝して初夢二回夢見れず　黒坂　洸太
白うさぎ橙のっけ鏡餅　三平　果歩
正月は御馳走だらけ幸せだ　石井香梨奈
朝起きて蒲団出るまで一時間　藤江　利樹
雨が振り僕の髪の毛綿飴に　渡辺　誠人
ダイエット決めたのお節食べたあと　岡崎　絢美
いつになる正月太り戻るのは　田島　咲季

私のユーモア川柳この一句

あの枝はくびをつるには細すぎる　菅谷はなこ

世が世なら私はお姫様らしい　鈴木　順子

あら痴漢尻すり寄せて手錠かけ　鈴木　勝平

寄り掛かる居眠り置いて急に降り　関　玉枝

出不精な諭吉と暮らすおカネ持ち　関根庄五郎

夫婦して過去を掘ってる口喧嘩　髙橋　富榮

ランチ代友の会釈に払う破目　田口みさ子

省エネと言っては昼寝妻の夏　武田　浩子

オレオレも盆と正月だけ休み　立花　雍一
病室のイビキ個室へ追い遣られ　月岡サチヨ
真夜中にふと通帳を見たくなり　角田真智子
背筋伸び心まるごと君をスキ　塔ヶ崎咲智子
韓流がテレビを妻に乗っ取らせ　長井　敬一
加齢でしょうか知恵の湧くのが遅くなる　中澤　巖
改修を値切り修理が倍かかり　中曽根恭子
金メダル選手と共に首を出し　名城　純子
喫煙所貴女の煙男色　二宮千恵子

ユーモア党宣言！

第４章
川柳 etc. を語る

記念講演スーパーセレクション Vol.2

講演録⑤

川柳の魅力 日本語の魅力

江畑 哲男
（東葛川柳会代表）

はじめに

改めて、皆さんこんにちは。ようこそ、おいで下さいました。東葛川柳会創立二〇周年記念講演「川柳の魅力日本語の魅力」、一所懸命に務めさせていただきます。

①私がジュニア川柳を推奨する理由

七年前（二〇〇〇年）にも当会の記念句会で講演をさせていただきました。七年前というのは、私の最初の句文集『ぐりんてぃー』（教育出版）を出版した年です。講演では、自分の生い立ちに触れて、中学生時代に俳句・短歌の手ほどきを受けたことが、非常に役立っている。そんなお話も盛り込ませていただきました。

感性の鋭い子ども時代に、韻文に触れる・韻

文を創るという経験の大切さ。その大切さを、改めて感じる昨今です。

勤務校の授業では、いま正岡子規を扱っています。

子規はご存じのように、短歌も俳句も能くした人であります。その子規に触れる前置きとして、高校時代に雑誌に投稿して、入選した私の俳句に話が及びました。

寒灯や黒く輝く仏の目

（江畑哲男、高校二年時）

修学旅行中に作った俳句で、特選第二席に入りました。思い出深い作品です。この俳句の話をしていたら、昔の選評がふっと蘇りました。高校を卒業して三七年も経つのに、自分の作品を褒められた、その選評をまだ覚えていたのです。「この『黒く輝く』が作者の発見で、句を新鮮なものにしました」……嬉しかったですねぇ。生徒諸君は、遠い目になった私の話をしみじみと聞いてくれました。

②私と川柳との出会い

大学に入り、国語国文学を専攻しました。当時は七〇年安保の興奮さめやらぬ時代で、あまり学問的な雰囲気ではありませんでした。まして、俳句や短歌を研究するというのは全くお門違い、そんな雰囲気さえ漂うキャンパスでした。

二二歳で教員になりました。縁あって、千葉県に奉職することとなりました。教員には成りたくて成ったのですが、教師の仕事は想像以上に厳しいというのが実感でした。

今はもっと大変です。学校を取り巻く環境

が激変しています。あまり大きな声では申し上げられませんが、生徒も親も地域も(急に小声になって)うるさいですからね(笑い)。かなりの繊細さとタフネスを併せ持っていないと、いまの教員は勤まりませんよ。

私が教員になった年代は、それでも古き良き時代の香りが残存していたような気がします。しだいに東葛飾地域がベッドタウンとして発展し、いわゆる新住民が増え、高校の増設、地域社会の崩壊、学校をめぐる環境の変化、等々の荒波が押し寄せ始めるようになりました。

川柳の仲間が、私のことを評してこう言います。「哲男さんは明るいから大丈夫」とか、「ノイローゼには絶対ならない。私が保証します」。あたかも、悩みがないような言われ方ですが、悩みがなかった訳ではありません。

川柳と巡り合ったのは、教員になって四年目。教員生活に多少の行き詰まりを感じ始めた時代。今から、三〇年近く前のことでした。

私にとっての川柳は、一種の「逃げ場」でした。少なくとも当初はそうでした。ストレス解消であり、気晴らしでした。気分転換になれば良い、それが動機でした。

そのうち、句会に出席するようになりました。句会は魅力的でした。句会出席当初は、職業に触れられたくない、そう思っていました。何しろ、気晴らしで句会に来ていたわけですから。「先生と呼ばれたくない日曜日　江畑哲男」。……当時の心境を詠んだ作品です。(現在は、教師で良かったと思っています)

川柳は、当初から下手ではありませんでした。何しろ、中学時代・高校時代の蓄積がありますから。昔取った杵柄です。句会に出席するようになると、会話も弾んできます。「哲男さん、お仕事は?」、「高校教諭です」。「担当教科は?」、「国語です」、……。

国語担当ということが知られると、まずは文字を聞かれます。送り仮名を聞かれる。辞書等の書籍を紹介して、と求められる。そんなやりとりを通じて、世間の人々にとっての教員に対するある種の期待が、少なくとも趣味の方々にとっての期待が、理解できるようになりました。

さらには、お手伝いを頼まれる。ちょっと話を聞かせて。ちょっとコレ書いて、等々。喋らせれば、マァ喋れる。書かせれば、一応書ける。そんなこんなで、だんだん私自身の持っている能力が、趣味の会の皆さんに期待されるところとなりました。私自身も趣味の世界で生きていくためには、「皆さんのお役に立てれば」と考えるようになりました。

昭和六二年に東葛川柳会を発足させ、初代事務局長 兼 編集長 兼 会計に就任しました。要するに雑用係です。雑用を背負い込むようになってからは、とくにボランティア精神を意識するようになりました。

どうしたら皆さんに喜んでいただけるか、どうしたら句が上手になるか、どうしたら会が発展するか。実践的な試行錯誤を繰り返しているうちに、だんだんと皆さんに押し上げられて、現在当会の代表を務めているという訳でございます。

1、日本語の魅力再発見（＝贅沢な日本語）

本論に入りましょう。本日の講演では、「川柳の魅力」とともに「日本語の魅力」を語るという約束になっています。とても大きなテーマですが、私なりに勉強しているところをお話しさせていただくことにします。

世界に言語は、三〇〇〇～五〇〇〇あると言われています。多種類の言語が存在するのは、アフリカ・アマゾン流域ほか。パプアニューギニアだけでも五〇〇を超える言語があるとも言われます。先ほど来賓のご挨拶をいただいた（頼柏絃台湾川柳会会長：当時）台湾には、二〇種類近くあるでしょうか。言語のなかには、文字を持たない言語もございます。どちらかと言えば、音だけあって、文字を持たない言語の方が多いのです。比べて、日本語は三種類以上の文字表記を有しています。

①三種類以上の文字表記

ア 漢字〔音読み（呉音・漢音・唐宋音）、訓読み〕

イ カタカナ

ウ ひらがな

エ アルファベットその他（英文、略称、数字、記号）

三種類以上の文字を持っている言語は、世界でも稀です。稀有な例でしょう。この点、日本語は世界に誇って良いと思います。

一種類だけの文字表記は、読みにくいですね。電文（昔はカタカナ表記）などで、その読みにくさはご経験済みでしょう。

加えて、日本語は分かち書きをしないで済みます。英語などは、単語と単語の間を必ず分けます。分けて書かないと読めないのです。ある人の研究によれば、日本語表記による読書のスピードは英文の二〇倍に達すると言います。外国人が原書を一冊読むうちに、日本語では二〇冊も読破できる計算になるのです。文字識別の差でしょう。

三種類以上の文字表記の長所を、本日配布の『ユニークとうかつ類題別秀句集』で、ご説明いたしましょう。教科書(という呼び方に「笑い」が起きる)四四ページを、ご覧ください。

みどり児もけものも眠らせるちぶさ　窪田　和子

ひらがなの流れるように花を活け　穴澤　良子

(ここで講師は、ひらがな表記の妙味を作品に添って解説する)。

コノタビハドウモで慶も弔も済み　大木　俊秀

このカタカナ表記の、何ともとぼけた味わいも面白いですね。

棘とげトゲ　もう教室に入れない　江畑　哲男

直接・間接の棘を、三種類の文字表記で表そうとしています。(詳しくは、著書を参照のこと)

こうしてみると、先人は偉かった! ですね。中国大陸から学びつつも、大陸にかぶれていません。ひらがなを発明したこと、カタカナを創始したこと。さらには、漢字に訓読み(=日本読み)を残したこと。先人の知恵を改めて見直したいものです。

②外国人の驚き・戸惑い

ア 例文1

「十一月三日(祝日、日曜日)晴。日直　春日君今日は、保護者参観日です。」

「日」という漢字は、小学校一年生で習います。「日」には、大変多くの読みが存在します。右例文の「日」の読み分けを、日本人は瞬時に行うことが出来ます。私たちとしてはごくごく自然なことなのですが、外国人はビックリするようです。「なんて、日本人は頭が良いのだ」と。

もっとも日本語は、音声面ではむしろ易しいのです。仮名だけで音を書き取る場合には、聞こえたとおりに書き表せば良いのですから。「アメ」「ハナ」「サクラ」「ユキ」等々。

一方、日本語の表記は複雑です。贅沢とも言えます。皆さん方のように川柳を趣味として、微妙なニュアンスを描き分けようとすれば、この贅沢な日本語の表記を大いに活用すべきでしょう。

[イ] 例文2

「ヅュース」「ツーシ」「ンース」

「おにぎワヤシト」（日本料理屋）、「○○木テル」（ホテル名）

「ゆヒりパイ」（お菓子）、「人気ナンバ一一」（商品CM）

右の例文は、外国で見た、あるいは外国人が書いた日本語です。皆さん、解読できますか？

正解は？

「ジュース」「シーツ」「ソース」

「おにぎりセット」（日本料理屋）、「○○ホテル」（ホテル名）

「ゆとりパイ」（お菓子）、「人気ナンバー1」（商品CM）

外国の人にとって、漢字・カタカナ・ひらがな、区別が分かりづらい。「○○ホテル」の場合、「ホ」（カタカナ）と「木」（漢字）を混同してしまいました。先ほど申し上げたように、日本語は分かち書きをしないで済みますから、どれが漢字でどこから仮名書きなのか、いちいち断っていません。外国人には理解しづらいようです。

余談ですが、「ツ」と「シ」の書き分けが出来ない子が増えました。以前と比べると、書き取りの練習をさせないようになってしまいました。書き取りの練習をきちんとさせることが、いけないことのように批判する教育評論家すらいます。由々しきことです。

③三種類以上の語彙

ア、和語
イ、漢語
ウ、外来語（カタカナ語）
エ、混ぜこぜ語（混種語）

日本語の語彙。これがまた、贅沢・潤沢であり、じつに豊富です。先ほどの『ユニークとうかつ類題別秀句集』を、ご参照ください。四六ページ。「留学生から見たニホンゴのトホホ」（山口大教授・佐々木瑞枝）というエピソードです。

〈外国の留学生と蔵王にスキーに行った時の話。出迎えた人に「ここがホテルですか？」と留学生が尋ねると、「いいえ、ホテルなどではありません。ちっぽけな宿屋でございます」と、宿の主人が謙遜して答えた。すると別な留学生が「旅館ではないのですか？」とビックリしたように尋ねてきたと言う。混乱の元は、「宿屋・旅館・ホテル」という三種類の単語である。日本人なら理解できる語種の微妙な違いが、留学生にはどうやら通じなかったらしい。そんなエピソードであった。〉

三種類の語種の使い分けの事例では、次なる例も挙げておきましょう。
〈ア、めし(＝和語)
イ、食事(＝漢語)
ウ、ディナー(＝外来語)
右のような三種類を、日本語では時と場合と相手によって使い分けをしている。
「昨日のディナーは美味しかった」と聞いて、お茶漬けを食べたと思う人は誰もいない。大抵は、ホテルのフランス料理などを思い浮かべる。フォーマルな服装で、美しき装いの令夫人とマナー正しく、エレガントにお食事をされた、そんな場面を想像するに違いない。反対に「めし」。ごく日常的な、肩の凝らない雰囲気での食事の風景を思い浮かべるのが普通であろう。
余談ながら、男女の会話で「めしを食いに行こう」という台詞を聞けば、その二人の親密度は容易に推し量ることが出来る。下司の勘ぐりに非ず。文学的想像力の問題と、ここでは解説を施しておく。〉
このように、日本語に関するユニークなエッセイが満載されています。どうぞ、『ユニークとうかつ類題別秀句集』を、勉強会等でご活用ください。以上、コマーシャルでした(笑い)。

2、外国語との比較

①英語
②中国語
③日本語(音数律の理由)
説明の都合上、日本語から入ります。日本語のアクセントは、英語のような強弱アクセン

トとは異なります。英語の場合、単語のどこか一箇所を強く、高く、かつ長く発音します。対して日本語のアクセントは、ピッチの高低のパターンにより識別されるという違いがあります。中国語は四声に象徴されるように、抑揚豊かです。一種の音楽のようでもあり、芸術的です。

『ユニーク句集』の十三ページには、題「アクセント」に、秀句一〇句が収録されています。

女子高生妙なところにアクセント　御供　彪
中国語四声で母が馬になる　白浜真砂子
バナナをばバナーナなぞとノバの前　斉藤　克美

それぞれ言語の特徴を捉えた佳句です。（講師はここでアクセントを実演してみせる。高低アクセントの「雨」と「飴」、女子高生のアクセントの特徴。さらには中国の四声の発音と説明）

斉藤克美さんの句で、思い出しましたことがあります。日本語では、「マツイ」「イチロウ」と強弱はなく、どの音も等間隔で読みます（＝等拍性）。米国ではそうではありませんよね。「マツゥイ」であり、「イチロー」（傍線部にアクセント）と発音します。ＮＨＫの大リーグ放送などを聞いて、皆さんの耳にも残っていることと存じます。

そう言えば今年の七月、メジャーリーグオールスターの放送をご覧になりましたか。イチロー選手の歴史的なランニングホームラン（＝和製英語）が誕生しました。快挙でした。この実況で、かの地のアナウンサーは「イチロー」と何度も声を張り上げ、「ヒストゥリック」な出来事と絶叫しました（英文は省略）。どうも私には、「ヒストリック」（歴史的な）ではなく、「ヒステリック」な（笑い）実況放送にしか聞こえませんでしたけれど。

もう一つ、例を挙げちゃいましょう。ＪＲの車内放送。日本語に続いて、英語の放送が流されます。英語放送では、強弱アクセントを付けて駅名をアナウンスしています。「マツゥド」（松戸）、「カシィワ」（柏）、「アビィコ」（我孫子）、「テンノウダイ」（天王台）、という具合に。あの放送は、外国人への配慮・親切のつもりのようですが、過度の、あるいは誤った配慮だと思われます。欧米人が、アクセントを付けて日本語を発音したがるのは仕方ありませんが、ここは日本です。日本の地名を欧米語風にアナウンスしてしまったのでは、日本人もそのように発音するものと、外国人に勘違いさせてしまうのではないでしょうか。（ここでも講師は、発音の実演をしてみせる。会場からは笑いと頷きの反応が返ってきた）

④英語の詩、中国語の詩、日本語の詩

日本語は、音節（シラブル）と拍（モーラ）が基本的に一致します。音声的なリズムを作ろうとすれば、音数律に頼らざるを得ません。すなわち、拍の等時性を利用することによって、リズムを形作ったのです。それが、五七五であり、五七五七七でした。これに対して、英語の詩は、基本的にはライミング（rhyming）と、強弱アクセントの組み合わせで構成されているようです。（ここでも講師は、英詩の幾つかを紹介。アメリカ国歌やスチーブンソンの詩を紹介しながら、具体的に理解をしてもらう工夫をこらす）

もっと分かりやすい例を挙げるならば、「fish」と「dish」、「fox」と「box」という具合に揃えるのが、ライミング（rhyming）です。

中国の詩はどうでしょうか。滅多に聞けない、珍しいテープを聴いていただきましょう。古代中国語を学問的に復元したというテープです。漢詩は何にしようかと考えましたが、一番よく知られている「春望」（杜甫）にしました。（古代中国語と日本語の音読みが、非常によく似ていること。会場は、その古代中国語の詩吟に聴き惚れていた）

いかがでしたか。漢詩の脚韻というのが、実感として理解できたと存じます。古代中国語に復元して初めて、ホンモノの韻が分かるのかもしれません。音楽的に豊かな中国語と、音声的には単純な日本語との違いも感じることが出来たと信じます。

3、奥ゆかしい日本語

①すべてを語ろうとする欧米語
②余韻・余情を大切にする日本語

日本語はじつに奥ゆかしいのです。欧米語と性格も発生も違います。雄弁な欧米語は、広大な原野で初対面の人に理解して貰うのに適した言語です。対して、日本語は村という共同体で育ちました。村のなかは、どっちを向いても知った顔です。したがって、出来るだけ語るまいとするのが日本語です。前後の状況で理解出来るなら、言葉を省略をしてしまう、それが日本語なのです。

ポケットに手を入れている陸上部　天野拓実

我孫子市内の小学生（当時）の作品です。二〇〇二年に伊藤園の新俳句大賞を受賞しました。この俳句の「ポケットに手を入れる」を、試しに英訳してみましょう。

「I put my hands into my pockets.」

（私は私の両手を私の両方のポケットに置いた）というのが、直訳でしょうか。「私」が何回も登場します。ここまでくどくどと断らなくてはならないのが、英語の表現です。

日本語は違います。「私の両手」「私の両方のポケット」とは、よほどのことがない限り言いません。第一、ポケットに手を入れるのは、自分の手・自分のポケットに決まっているではありませんか。自分のポケットではなくて、他人様のポケットに手を入れたら、それは犯罪でしょう（大笑い）。

「いいお天気ですね」、これが日本語的な表現です。この一文を、「今日は」という主語が省略されていると説明するのは、日本語の構造を欧米語の文法にあわせて便宜的に説明したものに過ぎないのです。

③映画や詩の表現

映画や文学の世界では、右のような日本語の特徴がよく出てきます。山田洋次監督の「男はつらいよ」を、例にとってみましょう。車寅次郎がマドンナといい仲になって、とらやに帰って来ます。とらやの皆さんは、二人の馴れ初めが気になって仕方ありません。とうとうタコ社長が寅さんに聞きました。対する寅さんの答え、その答えが実に振るっているのです。

「いいか、オレとリリーとはな、訳アリよ」。

これが答え。これで説明が終わり。下町の人間同士はこれだけで通じてしまうのです。ところが、よ～く考えてみてください。二人の馴れ初めを、寅さんは説明してはいません。現代風な言い方をすればアカウンタビリティー（説明責任）を果たしていないのです。にもかかわらず、とらやの皆さんは「訳アリよ」に対して、「なるほどねぇ」などと、勝手に各自が想像して納得してしまうのです。面白いとは思いませんか。

ほかにも、「都合により、本日休診とします」（医院の表示）。

「よんどころない用事で、……」、など。

別な例も、挙げましょうか。

「お出かけですか？」「はい」。「どちらまで？」、「ちょっとそこまで」。これで村社会は通じます。

まさか、「『ちょっと』って、何分くらいですか？」とは、聞かないでしょう（大笑い）。「『そこまで』って、どこまで行くのですか？」とも聞きません（笑い）。この曖昧さが人間関係を円滑にするのです。（このあと講師は豊富な用例を引いて、「日本語の奥ゆかしさ」を解説する。誌上では、以下箇条書きにて紹介する）

ア 「憎からず思う」の意味を、現代の高校生は理解できなかった。「憎くは思わない」「好きでも嫌いでもない」という意味だと思い込む現代っ子と、真の日本語的解釈の違いを解説。

イ 香港生まれの歌手・アグネスチャンは、日本の演歌の詩が来日当初は理解できなかったという。「夜の新宿、裏通り。肩を寄せ合う、通り雨」。それがどうした？ と不思議に思っていたというエピソード。

ウ 名作『野菊の墓』の一場面。主人公政夫が民子に、なかなか好きだと言い出せないシーンの紹介。やっとの思いで告白したのが次の台詞。「民ちゃんは野菊みたいだ。僕は野菊が好きだ」……。

エ 二葉亭四迷が翻訳に悩み抜いた話。「I love you.」＝これ自体は易しい英語だが、これを当時の日本人が語る言葉、自然な言い回しにどう翻訳したらよいのか。どだい愛を告白することをしない、苦手な日本人の男女である。国の違い・文化の違いと翻訳の難しさ。

オ 竹下登氏の創政会立ち上げ当時のエピソード。言語明瞭・意味不明と言われた竹下氏が、珍しく踏み込んだ決意表明をした。曰く、「我が一身を燃焼し尽くしたい」となる。ところが、アメリカの一流週刊誌記者は、この真意を「～burn out myself.」と翻訳したんだそうな。それは「焼身自殺したい」という意味ですよ。（笑い）

カ 再び、山田洋次監督の「男はつらいよ」。故郷に帰ってきた寅さんがみんなに迷惑をかけて、すごすごと京成柴又駅から再び旅に出ようとする場面。見送りに来たさくらに、「故郷ってヤツは、よう……」と語りかけようとしたとたん、電車のドアが閉まってしまう。余韻・余情を持たせる典型的な例。山田洋次監督の巧みさ。ズルイほど上手い。

④受容理論の紹介

ドイツの英文学者に、ヴォルフガング・イーザー(一九二六〜二〇〇七)がいます。彼は、文学作品のうちの、書いていない部分=「空白部」の読解、不確定要素(indeterminacies)の解釈には、多様で複数の、相矛盾する解釈が存在すること。すなわち、文学作品に於ける読者の役割を究明し、その「受容理論」を展開しました。

この「受容理論」というのは、(じつに難解な説明をしていますが)川柳に堪能な皆さんには、簡単に理解できる内容です。考えてみれば、当たり前のことを言っているに過ぎないのです。

たとえば、六大家の一人・前田雀郎はこう書いています。「詩歌においては読者もまたそれの共同作者であるといえぬこともないのである。句の余情余韻というものは、そういう読者の心をもこれに遊ばすべく、作者の中に残した一つの客間ともいえる」(川俣喜猿編『雀郎の川柳学校』、葉文館出版)と。

本日はこの大会に、「川柳二五〇年」実行委員長の前田安彦先生(宇都宮大学名誉教授)がお見えです。雀郎のご長男さんでもあります。前田雀郎の名言にも、「受容理論」がすでに説かれていました。こうしてみると、日本の韻文の理論と実践は優れているナと、改めて実感させられます。

日本語の妙味は、曰く言い難きことの表現にあります。微妙な心理・微妙なニュアンスの違いを、描き分ける点に特長があると信じます。川柳大好き人間は、意識する・しないにかかわらず、こうした日本語の妙味に惹かれているのだとも言えましょう。私が、本日の講演で強調したかった点でもあります。

4、まとめ

おかげさまで、私の人生はいま充実しています。仕事の世界と趣味の世界。学校教育と生涯学習の接点に、現在の私は立っています。学校教育と生涯学習の接点には、日本語があります。川柳があります。川柳の魅力に惹かれる皆さんがおられます。私が川柳と日本語を勉強し、その勉強を通じて得られる何某かを皆さんに還元し、皆さんのお役に立つことが出来たら幸せです。私自身がたまたま教員であり、国語の担当であることが、こうしてお役に立っているとしたら、本当に嬉しく存じています。私の句に、

平日は教師 土日はボランティア　　江畑 哲男

という句があります。どうやら、私の代表句になりつつあるようです。本日は、雨の中たくさんの皆さまにご来場いただき、またご清聴いただきました。

本当に有り難うございました。

（平成十九年一〇月二七日）

講演録⑤

『源氏物語』――「ほんとう」のもつ力――

和田 律子
（流通経済大学教授）

わたしの専門は、『源氏物語』が世に出現したといわれております一〇〇八年に生まれ、『源氏物語』の愛読者でもあった『更級日記』作者（菅原孝標女）とその時代の文化世界でございます。皆様ご存じの十円玉で有名な宇治の平等院を建てた、藤原頼通という人物を中心とした文化世界を研究しております。『更級日記』の作者も、今年は生誕一千年ということになりまして、宇治十帖の舞台となりました宇治のあたりも、今年（二〇〇八）はにぎわうことでございましょう。

1、御堂関白記

資料の表紙でございますが、これは、愛知県の徳川美術館と世田谷の五島美術館にございます国宝『源氏物語絵巻』の縮小コピーでございます。今年が『源氏物語』が世に現れてちょうど一千年目ということで、あちらこちらで大きな展覧会やイベントが計画されているようでございます。今、上野の国立博物館では、「近衛家一〇〇〇年の名宝展」が開催中でございまして、そこに、「御堂関白記」という日記が展示されております。

資料(左図)のところですが、「御堂関白記」の原寸大のコピーでございます。筆記者は、藤原道長という、紫式部に『源氏物語』を書かせたといわれてもいる人物で、当時の「一の人」、いわば現代の総理大臣のような立場の政界のトップに君臨していた方で、当時の慣習として毎日克明な日記を書いていました。そこに、寛弘五年(一〇〇八年)九月十一日条に、「午時平安男子産給」(うまのとき平安に男子産まれたまふ)とございます。これが、資料に系図を書いておきましたが、一条天皇と道長の娘彰子とのあいだに産まれた、のちの後一条天皇誕生の記事でございます。そのとき、中宮彰子におそば近く仕えていたのが紫式部で、家庭教師のような役割を担っていたと考えられております。

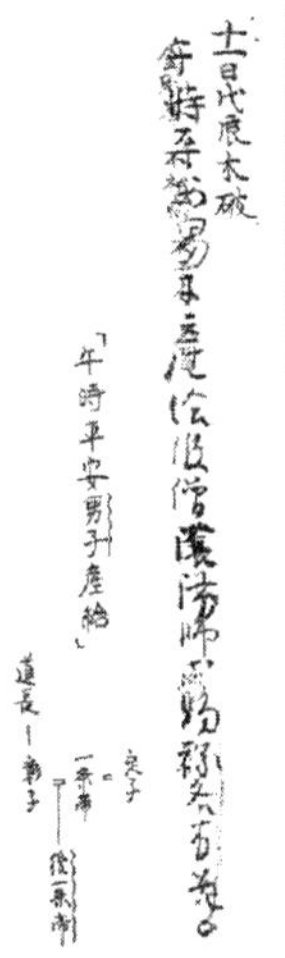

2　源氏物語出現　『紫式部日記』　寛弘五年一一月一日
「あなかしこ　このわたりに若紫やさぶらふ」

2、『源氏物語』出現

そして、その皇子が産まれて五〇日目のお祝いの宴席で、資料(前頁)のところでございますが、宴が乱れてきたときに、ある貴公子が紫式部に「あなかしこ、このわたりに若紫やさぶらふ」と呼びかけたということがございました。「若紫」というからには、相手は光源氏に決まっている。光源氏のような理想の男性が現実の世にいるわけがない。実は、光源氏のモデルの一人は、道長だといわれております。紫式部にとっての主人である道長様以外には、光源氏になぞらえることができる男性などいるはずがない。ほかの男性が「若紫」と呼びかけても、「若紫」は答えないでしょう。ましてや、私(紫式部)が「若紫」だなんて。当時、紫式部は三〇歳を過ぎていて、当時の感覚で申しますと、大年増でございました。(笑い)若くもない女性に向かって、しかも、光源氏でもない人が、「若紫」と呼びかけても、返事をするはずがないでしょう。紫式部は返事もせず、冷たい態度をとりました。この話は『紫式部日記』にございまして、それはそれで面白い話ではありますが、私共研究者にとりましては、寛弘五年十一月一日当時、つまり、一〇〇八年当時、「若紫」という言葉が、宮中で知られていた、有名であった、ということが貴重な資料として興味深いのです。すなわち、その当時、『源氏物語』が既に、少なくとも「若紫」のあたりまでは作られていたという証拠として、この場面が重要視されております。そして、今年二〇〇八年が、その「若紫やさぶらふ」と書かれた一〇〇八年からちょうど千年目にあたるため、世の中は『源氏物語』ブームになっているということでございます。

3、『源氏物語』のテーマ―紫のゆかり―

さて、『源氏物語』ですが、皆様も書名はご存じで、光源氏や紫の上の物語であることもご存じでいらっしゃいましょう。では、『源氏物語』に、何が書かれているのか、ということになりますと、それは少し難しいことになってまいります。ひとことで申しますと、『源氏物語』は、光源氏が母親すなわち理想の女性を求めて、多くの女性のあいだをさまよう物語であるとまとめることができるのではないかと思います。その中心になりますのが、「紫のゆかり」という言葉でございます。ゆかりというのは、縁ということで、古典では何かしら血縁でつながっていることを縁《ゆかり》と申します。

この場合ですと、母である桐壺更衣から産まれた光源氏が、幼い頃に母を失い、母の面影を求めて、すなわち、母のゆかりを求めていくということになります。父である桐壺帝もまた、妻である桐壺更衣の面影を求めておりまして、探し出されたのが、藤壺という女性でした。藤壺という女性と桐壺更衣との間には血縁関係はなく、全くの他人でしたが、藤壺は、桐壺更衣に大変よく似ていたのでした。光源氏は、周囲からそうしたことを聞かされるうちに、しだいに藤壺に好意を寄せるようになり、あるとき、一夜の契りを持ち、その結果、藤壺はみごもりました。産まれた皇子は桐壺帝の子供として育てられ、のちに、天皇になります。しかし、藤壺は自分の犯した罪の大きさに気付き光源氏を遠ざけるようになりました。

光源氏は母を失い、藤壺をうしない、母に似た誰か、藤壺に似た誰かを求めてまいります。そこに現れたのが若紫という少女でした。若紫は、実は藤壺の姪にあたる少女でした。光源氏は約一〇歳ほど年の離れた若紫と二〇歳前に出会い、正式な結婚もしないままに、略奪結婚のようなかたちで夫婦になります。若紫を娘か妹のように慈しみ、のちに妻として生涯の伴侶として大切にしてまいりますが、その過程で次のようなエピソードが語られます。

それが末摘花という姫君の話です。光源氏は、あるとき若紫の遊び相手をしながら、今日はおもしろい人に会いましたといって、絵を描きました。その絵は、髪が長く、胴も長いお姫様で、もっとも長いのは鼻で、象の鼻のようでした。しかも鼻の先は赤くなっていました。

光源氏はご丁寧にもその長い鼻の先に紅花の紅でちょんちょんと色を差しました。ついでに、その紅を自分の鼻に塗って、「どうしよう。この絵の姫君のように、わたしの鼻も赤くなってしまった……」と、ふざけて言いました。若紫はあわてて光源氏の鼻をぬぐいましたが、光源氏は、もうとれなくなってしまった、と戯れては若紫をあわてさせた、という場面がございます。その笑いの対象となりましたのが末摘花という姫宮で、常陸宮という高貴な宮家のお姫様でした。父宮の死後、落ちぶれて経済的にも逼迫していましたが、宮家代々の財産を引き継いで、時代遅れではありますが、質の良い黒貂の毛皮の衣を着たりして、細々と生活していました。

光源氏は、あるときこの姫君のもとに忍びこみ、一夜の契りをもったのですが、雪明かりの下で姫君の顔をみてしまいました。当時は、姫君の顔を見るのは結婚が決まってからというのがしきたりで、それまでは姫君の良し悪しの判断材料は姫君に仕えている侍女の衣装などの趣味の良し悪しや薫物の香りや筆跡などでした。髪の長さや質も大切な判断材料でした。末摘花の髪は長くつややかで、豊かでした。末摘花は顔は美しくはないが、髪はみごとであったと『源氏物語』には描かれています。光源氏も、末摘花の髪に触れて、さぞすてきな姫君であろうと推測していました。しかし、実際に雪明かりに照らされた姫君の顔は青白くあごが長く、とくに鼻は象の鼻のように長く、そのうえ先端は赤いのです。光源氏は、失敗したと思うのでした。『源氏物語』では、「浅ましう高う伸びらかに、先の方少し垂りて色づきたる」と、わざわざ鼻の様子を描き出しています。光源氏は若紫にこの末摘花の様子を描いてみせて、二人で笑い転げたのです。

その後、光源氏がある事件に巻き込まれて、京都を離れなくてはならない時期がありました。いわゆる、須磨流離といわれる物語です。帰京した光源氏は、しばらくぶりに末摘花の屋敷を訪ねます。屋敷は荒れ果て、蓬が生い茂っていました。もう誰も住んではいまいと思いつつも、供の者に様子を見に行かせると、荒廃した屋敷には、黒貂の毛皮に身を包んだ末摘花が、光源氏の再訪をひたすら信じてひっそりと暮らしていました。その一途さに応え、光源氏はその後末摘花を最後まで大切に扱いました。光源氏は色好みとして描かれておりますが、このような誠実な側面も、紫式部は丁寧に描いております。また、末摘花という姫宮の行動をとおして、外見だけではわからない、内面の誠実さや美しさについても、紫式部は読者に訴えています。末摘花の話は、人間を深く正確に見つめる紫式部の目がうかがえる部分であると思われます。

4、『源氏物語』のテーマ
―光源氏の母恋いの物語(二つの密通事件)―

『源氏物語』の紫のゆかりのテーマを探ってまいりますと、たいへん根の深いところに行き着きます。ここに系図がございますが、一番上から、桐壺帝と桐壺更衣、その間に産まれた光源氏となっております。ところが、桐壺更衣が早く亡くなる。そこで、夫である桐壺帝は、妻の面影をたたえた藤壺を后に迎えます。まだ幼かった光源氏も父に連れられて藤壺のもとに出入りしていましたが、周囲から藤壺が亡き母にそっくりと聞かされ、母恋いの情がいつのまにか恋情に変化していきました。じつは、藤壺と光源氏は、七歳の年の差でありました。藤壺二四歳、光源氏十七歳。皆様、いかがでございましょうか、「あり」でしょうか。(笑い)

光源氏の思慕の情が恋情に変わったある日、光源氏は藤壺のもとに忍び込み、一夜の契りを結びました。そこに産まれたのが、系図では丸で囲みました冷泉帝という皇子でございます。桐壺帝はこの皇子を、知ってか知らずか最後まで大切に扱い皇子はのちに皇位につき、冷泉帝となりました。けれども、藤壺は自分の犯した罪の重さにおののき、その一夜の契り以後は光源氏を遠ざけました。そして、時は流れます。光源氏は藤壺も失い、母の面影を再び求めはじめたときに若紫とめぐりあいました。この若紫は、じつは藤壺の兄にあたる人の娘、すなわち藤壺の姪に当たっておりました。似ていることも頷けます。そして、このふたりは先ほど末摘花のところでお話しいたしましたように、仲むつまじく幸せな生活を送っていきました。

ところが、二〇年という歳月が流れた頃、ときの帝の皇女、女三宮を光源氏は正妻として迎えねばならない状況に陥りました。光源氏は四〇歳、今で申しますと、還暦くらいの年齢でしょうか。女三宮は二〇歳くらいでした。若紫(そのころは、すでに正妻として、紫の上と呼ばれておりました)は、だまって正妻の座を降りて光源氏を女三宮のもとに通わせました。それがストレスになったのでしょうか。紫の上は、しだいに病の床に臥すようになりました。

光源氏が紫の上の看病に明け暮れ、女三宮のもとに通うことが間遠になったころ、その隙に、柏木という若い貴公子が女三宮のもとに忍び込み、一夜の契りを持ちました。そして、薫という不義の子が誕生しました。冷泉帝のときとおなじパターンがここに繰り返されるのですが、両者

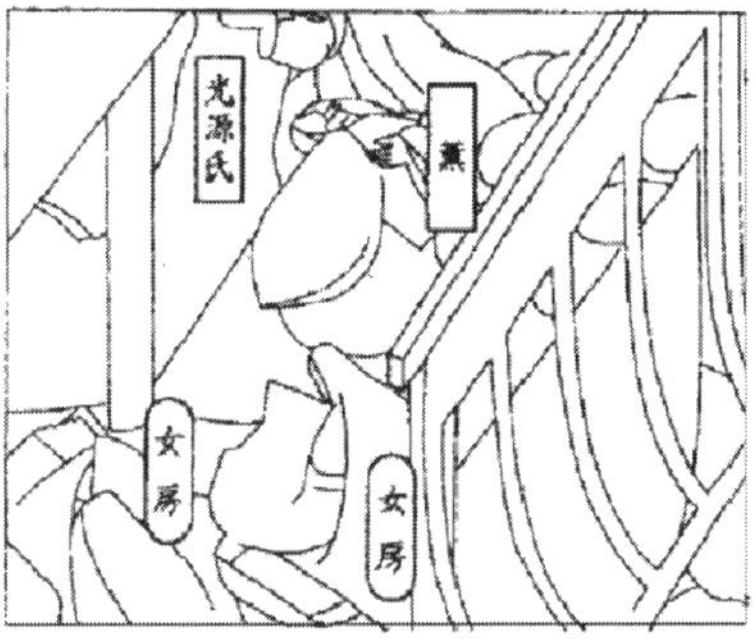

柏木巻

のちがいは藤壺が最後まで秘密を隠し通したのに対して、女三宮は自らの不注意で密通の事実を光源氏に知られてしまうという点です。その事実を知りながら、光源氏は薫を我が子として抱き上げます。この部分が、前頁の下の絵でございます。

『源氏物語』絵巻には、成人した冷泉帝と光源氏が向かい合う図柄（右中）がございます。鈴虫の巻のもので、二千円札の図柄になっておりますが、この図柄の選定をめぐっては、不義の子（天皇）と光源氏が対面する場面ということで、当時物議を醸した場面としても有名でございます。この場面で、光源氏は、もしかしたら父桐壺帝もこの冷泉帝の出生の秘密を知っていながら素知らぬ顔のまま亡くなっていったのではないかと、薫を抱く自分の複雑な心中に父の心中を重ね合わせます。輪廻転生と申しましょうか、人間の悲しく怖ろしい性《さが》が描かれる場面でございます。そして、このふたつの密通事件の背後には、光源氏の母恋いの情がございました。

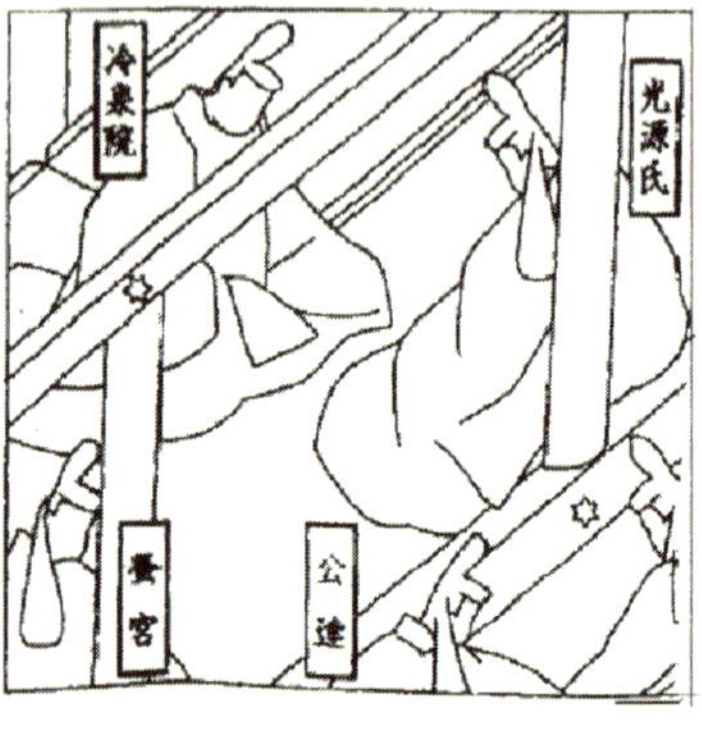

鈴虫巻

柏木と女三宮の秘密を知った光源氏は、ある宴席で同席した柏木に向かって、「ほほえみ」を浮かべて、あなたに比べれば私は老人。若いうちは老人を馬鹿にするかもしれないが、あなたもいずれ老人になる、人間は誰でもそうなるものなのだからと皮肉を言います。「さかさまにゆかぬ年月よ。老いはえ逃れぬわざなり」。年月というのは逆戻りできないのだ。誰でも老いからはのがれることはできないと、光源氏はほほえみながら柏木の目を見据えて話すのでした。柏木は光源氏の目に射られて、それがもとで病の床につき、泡のように消えていったと『源氏物語』には描かれています。

「ほほえみ」と申しますと、私たちは優しいやわらかなものを想像いたしますが、なかなかどうして、この「ほほえみ」が皮肉の効いた侮りがたい笑みであることが、『源氏物語』を読んでおりますと、見えてまいります。ここがその例のひとつでございます。そして、柏木は亡くなり、女三宮は自分の犯した罪の重大さに気付いて尼になります。残された薫は、自分の出生について、何か秘密があるのではと疑問を抱きつつ、憂いある青年に成長し、話は宇治十帖の世界へと流れてまいります。

5、紫の上の悲しみ

そうこうしておりますうちに、紫の上の病気は重くなっていきました。紫の上は、仏に導かれて往生したいと出家をのぞみました。しかし、出家することは夫婦の縁が切れることで、それは耐えきれない、自分の生きている限りは紫の上も出家してはならないと、光源氏は紫の上の願いを拒みました。死期を悟った紫の上は、我が身を振り返ります。そして、言います。「女ばかり、身をもてなすさまもところせう、あはれなるべきものはなし。」（女ほど、身の処し方が難しく、窮屈で、痛ましいものがあろうか。心にしみる情趣や風雅なものに出会っても、何も知らないような顔をして、ひっそりと生きていかなくてはならない。これでは、何によって、この世に生きる喜びを味わったり、無常を慰めたりすればよいというのだろうか。）

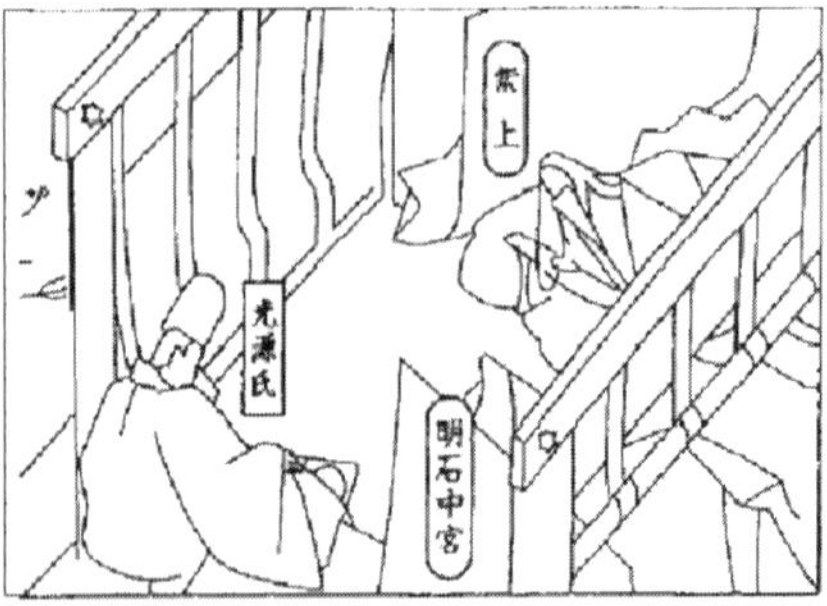

御法巻

紫の上は、こう嘆くのですが、これはまた、紫式部の思いでもあったのでしょう。

上の図は、御法《みのり》の巻の絵で、臨終直前の紫の上を光源氏が見舞っている場面でございます。外からみれば、光源氏という理想の貴公子の最愛の妻として、何不自由なく過ごしてきた理想の姫君であった紫の上ですが、しかし、その内面に立ち入ってみますと、紫の上の心にも深い悲しみが湛えられていたのでした。どのような人間でも、みな心の奥底には人には分からない悲しみをもって生きているものなのだ……。そこには、このような紫式部の人間の真実に迫る深い洞察がみられるように思います。

『源氏物語』と申しますと、ともすれば、雅びな姫君の物語ですとか、光源氏の色好みの物語ですとか、そのように捉えられがちでございますが、細かく見てまいりますと、じつは、人間存在そのもののもつ悲しみや苦しみや喜びといったもの、言い換えますと、人間の「ほんとう」の心といったものが、奥底に隠されている作品なのではないかと考えます。今川乱魚先生が、ものごとを深く見ていくと、人間の「ほんとのほんと」に行き着く、それが川柳の本質であると説いていらっしゃいますが、このお考えは、『源氏物語』にも当てはまるのではないかと、このたび東葛川柳会にお招きいただき、このような機会をいただきましたことによって思い至りました。乱魚先生と東葛川柳会の皆様方のお陰と存じ、感謝いたしております。

6、初音巻 冒頭

最近、『源氏物語』は大ブームでございまして、書くこともブームになってまいりました。鉛筆でなぞる方法もございますが、本日は、皆様と御一緒に、『源氏物語』初音の巻を読み上げて、学び初めといたしたいと存じます。

光源氏の思い人のひとりで、光源氏の娘を産んだ明石の君は、娘の将来を考えて、母親の座を紫の上に譲りました。元旦が子《ね》の日に重なったためでたい年のはじめに、明石の君は娘の明石の姫君から初めて和歌を受け取りました。それは、光源氏の配慮によるものでした。

子の日の遊びとは、正月初めの子の日に、野辺の若菜を摘み、小松の根を引いて、厄よけ、延命を祈る行事です。「子の日」を「ねのび＝根伸び」に掛け、「こまつ＝小松（子待つ）」に掛けています。『源氏物語』初音の巻では、子の日がちょうど元旦にあたるように設定されていて、ただでさえめでたい元旦に、子の日が重なって更にめでたい、という状況が作られております。そのなかで、明石の君は、手放した娘からの初めて届いた和歌を手にするのです。中世の貴族達は、お正月には初音の巻を読み上げて、学び初めとしたそうです。私たちも、学び初めに、初音の巻の冒頭を読んでみましょう。

では、ご一緒にどうぞ。

〈年たちかへる朝《あした》の空のけしき、なごりなく曇らぬうららかげさには、数ならぬ垣根の内だに、雪間の草若やかに色づきはじめ、いつしかとけしきだつ霞に、木の芽もうちけぶり、おのづから人の心ものびらかにぞ見ゆるかし。ましていとど玉を敷ける御前には、庭よりはじめ見どころ多く、磨きましたまへる御方々のありさま、まねびたてむも、言の葉足るまじくなむ。今日は子の日なりけり。げに千年《ちとせ》の春をかけて祝はむに、ことわりなる日なり。〉

ありがとうございました。

（平成二〇年一月二六日）

・テキストの引用は以下のとおりです。
『源氏物語』（小学館　日本古典文学全集）
『紫式部日記』（同）
・図版引用は以下のとおりです。
『御堂関白記』（京都陽明文庫）
『源氏物語絵巻』（東京徳川黎明会・東京五島美術館）

川柳を教科書に、そして川柳の著作権について

清水　厚実
（（社）全日本川柳協会監事、（財）図書教材研究センター所長）

皆さんこんにちは。東葛川柳会の二一周年の素晴らしい会にお招きいただきまして、有り難うございます。ちょっと硬い話で恐縮ですが、「川柳と著作権」についてお話をさせていただきます。

私も（社）全日本川柳協会の監事の仕事で全国を歩き回っています。東葛川柳会、おそらく全国で最も熱心で、しかも組織的・系統的に句会が持たれ、素晴らしい会報『ぬかる道』を毎月発行され、今月（二〇〇八年十一月号）で二五三号になりました。大変な作業ですね。江畑哲男先生にお聞きすると、皆さんに大変ご協力をいただいておられるとのことでした。会が極めて組織的・系統的に運営されている、ということは皆さんのご協力と、指導者の指導方針が素晴らしいことであると喜んでおります。東

葛川柳会、これからもしっかり頑張っていただきたいと、最初に申し上げます。

第一部 「川柳を教科書に」の運動について

1、「川柳を教科書に」委員会の活動

いま、熱心に運動中の報告をさせていただきます。この運動につきましては、(社)全日本川柳協会の今川乱魚現会長が、平成六年の『ぬかる道』八月号に歴史的な経過を書いておられます。平成六年二月から乱魚・哲男両氏もプロジェクト小委員会のメンバーに加わり、要望書、趣意書、資料等をまとめ、平成六年六月二三日に、日川協・仲川たけし会長(当時)に、私・清水厚実監事も同行し、文部省、文化庁長官、初等中等教育局長、教科書課長、各種教科書団体に対して種々の説明とお願いに上がってきました。この後は教科書会社あてに要望書等を送付し、必要があれば実務担当者に説明を行うこととしました。小中学校の国語教科書を出している会社は六社ずつあり、高校の「現代国語」は三〇数社ありますが、その編集部長等に集まっていただき説明会をやらせていただきました。

今川会長の文書によれば、「この種の運動は今回が初めてということではなく、野谷竹路先生(川柳研究社第四代代表)の『中学校の四季』によれば、教科書に現代川柳を載せるという悲願は戦前からある。日本川柳協会、第一次日川協(昭和十五年十二月創立)で教科書への掲載

対策委員会が置かれていた。戦後、検定教科書に移行する(昭和二六年頃)前後までは古川柳が小中学校の国語教科書によく掲載されていたが、昭和三三年頃の改定から後退している。ただし、関水華先生によれば、昭和五五年頃の中学校教科書には、かなり川柳が載っていたとのことである。なお、関先生は昭和五三年第二次日川協(昭和四九年創立)に於いて、現代川柳の教科書掲載の運動を提案され、承認をされている。この悲願は平成四年に社団法人化された現在の日川協に引き継がれている」と、その経緯が詳しく書かれています。また、今川会長は「今回の運動を開始してから良いニュースが矢継ぎ早に届いた。平成七年から四年間、教育出版社の『高校国語』に川柳が載り、平成八年には大阪書籍の小学校六年の国語にも載った。

現在は高等学校の『国語表現』の中の「言葉遊びと創作」の中に川柳が取り上げられている。そうすると参考書のほうも黙っていない。「川柳を作ってみよう」ということで、ポプラ社の本などに川柳が紹介されている(中身は虫食い川柳、川柳日記)」と説明しています。

今回発表された学習指導要領では「伝統文化を大事にしよう」ということで、平成二三年に小学校、平成二四年に中学校、平成二五年に高等学校において実施されることになっている。そこで今年から新しい教科書が作られていることに対して、短詩型文学を積極的に取り上げていただこうと考え、運動を進めることにしました。今回は平成二〇年七月二四日に、(社)教科書協会へ、「教科書への川柳文芸掲載」について(ご要望)ということで、提出いたしました。

文科省にも同じものを提出しました。その内容は、教科書会社の編集者が川柳に対して詳しくない場合もあるので勉強してもらうため、次のような資料をつけました。その内容は、

「教科書への川柳文芸掲載」について

1、川柳という文芸の概要
（1）川柳とは
（2）川柳の略史
（3）現代川柳の鑑賞
（4）川柳の作り方

2、教科書向けの川柳例句
（1）小学生向き古川柳と現代川柳
（2）中学生向き古川柳と現代川柳
（3）高校生向き古川柳と現代川柳

3、川柳理解のためのやさしい参考文献
（1）入門書
（2）解説書
（3）評伝、小説

以上の見出し毎に詳しい説明と資料、参考句など入れて作成し、提出しました。国語教科書は小学校、中学校それぞれ六社、そして新たに三省堂が『小学校国語』を出そうと準備を進めています。たまたま三省堂の教科書執筆者の中に私の大学の後輩がいますので、この資料を渡して是非掲載するようお願いしました。本日この会にも教科書に関する委員会の方も何人かお見えになっていますが、委員会としては、これからも積極的に教科書会社に要望をしたり、説明会の開催などを行うなど啓発活動を展開していきたいと考えています。

2、新しい学習指導要領での伝統文化の扱い

本年六月に発表された新しい学習指導要領では伝統文化の扱いについて多くの記述があります。新しい学習指導要領、小学校国語編、中学校国語編がここにありますが（実物を見せて）、この解説の中に「伝統的な言語文化に関する指導の重視」として「我が国の伝統的な言語文化は創造と継承を繰り返しながら形成されてきた。それらを小学校から取り上げて親しむものとし、新たな言語文化を創造できるよう内容を構成している」としています。今までは聞く、話す、読む、書くの四つが国語学習のポイントでしたが、それに伝統文芸が加わりポイントは五つになりました。柄井川柳の立机二五〇年の行事があちこちで開催されましたが、文科省の方針にも応え、これを機会に川柳を教科書に載せ、子供たちの表現力、読解力の向上をはかるために運動を展開しているところであります。

3、国際的学力調査での日本の学力のレベルダウン

皆様ご存じと思いますが、国際的学力調査があります。これは二つありまして、一つはユネスコのＩＥＡ（国際教育到達度評価学会）の学力調査で、平成七年と平成十一年の二回にわたり行われています。中学二年の数学では、前回三八カ国の中で第三位（シンガポール、韓国、日本）であったものが第五位（シンガポール、韓国、台湾、香港、日本）になっています。

理科では第三位（シンガポール、チェコ、日

本）が、平成十一年には第四位（台湾、シンガポール、ハンガリー、日本）になっています。学力低下が問題になっています。

もう一つの調査は、ＯＥＣＤの学力調査で、これは十五歳（中三）を対象に五七カ国が参加しており、その二〇〇三年と二〇〇六年の比較では、科学的応用力（理科）は第二位が第六位に、読解力（国語）は十二位が十五位に、数学的応用力は第六位が一〇位に、それぞれ低下している。これを踏まえて新学習指導要領では内容を三〇％増やすことになりました。子供たちの読解力、表現力を養うために川柳は親しみやすく、制約も少ないので作りやすいと思っています。ジュニア川柳などもどんどん出てきていますので、委員会としても積極的に啓発し、川柳を教科書に載せるようにして欲しいと考えています。

４、世界に誇る短詩文学「川柳」を育てよう！

川柳は、十七文字で、これに著作権があります。たった十七文字で表現をまとめるのはまさに世界に誇る短詩文学であります。学校でも社会でも積極的に取り上げてもらい、川柳を作り、それを鑑賞してもらいたい。そのことによって豊かな心をそだてることも大事なことです。そんなことで日川協は川柳を教科書に取り上げてもらうよう一生懸命やっています。皆様のご支援をお願いします。また地域の子供たちに窓を開いて、子供たちが積極的に川柳を作る機会を作ってやってください。あるいは川柳を勉強する機会を、教育委員会などと一緒になってやってください。本日お集まりの皆様は全部川柳の先生でありますから。よろしくしっかりご指導をお願いします。

第二部　川柳の著作権について

今日お集まりの皆様は全員が著者です。自分が著者であることを是非ご認識いただきたい。それからいま写真を撮っておられる新葉館のお嬢さん(講演を取材中の人)、この方は出版社であります。著作権と申しますと難しそうに聞こえますがそうではありません。

著作権法には二つの目的があります。一つは著作者の権利を守るということで、もう一つは出版など著作権の公正な利用について定めています。著作権法の第一条(目的)では「この法律は、著作権並びに実演、レコード、放送及び有線放送に関し著作者の権利及びこれに隣接する権利を定め、これらの文化的所産の公正な利用に留意しつつ、著作者等の権利の保護を図り、もって文化の発展に寄与することを目的とする」と定めています。その著作権について、お話をします。

1、福沢諭吉と著作権

小説や詩・絵・楽譜などの権利を守る動きは、十五世紀半ばに始まったグーテンベルヒの印刷機と印刷インクの発明にさかのぼると言われていますが、本格的に著作権保護の動きが出てきたのは十八世紀から十九世紀にかけてです。当初は出版物の保護という立場が強かった。そして、著作権保護の動きを決定的にしたのはヴィクトル・ユーゴやエミール・ゾラなどの小説家や詩人などが集まり、海賊版防止という立場から国際条約の締結を提唱し、一八八六年（明治十九年）ベルヌ条約をヨーロッパ一〇カ国で締結したことです。わが国でも本格的にその思想が生まれたのは、幕末から明治にかけてで、福沢諭吉が『学問ノススメ』などの自分の本が各地でコピーされ、海賊出版されていることに腹を立て、著者の権利擁護を主張し、政府に強く働きかけました。

それがやがて一八六九年（明治二年）の「出版条例」となり、その後、一八八六年の国際条約の誕生などを受けて、一八八七年（明治二〇年）に「版権条例」と改められ、さらに一八九三年（明治二六年）に殆どそのままの形で「版権法」と改名されました。それが、さらに近代的な著作権制度になったのは一八九九年（明治三二年）の改正で、外国の諸制度、国際条約などを参考に「版権法」を全面的に改定し、新しく「著作権法」として制定しました。もともとコピーライト（複製）という言葉を作ったのは福沢諭吉であります。

著作権法はその後、一九三四年（昭和九年）に一部改正し、戦後一九七一年（昭和四六年）の改正で現行に至っているもので、著作権法は全部で一二四条あります。

2、川柳の著作権

皆さんの作った川柳も一句ずつに全部著作権があります。第二条（定義）で「1、著作物思想又は感情を創作的に表現したものであって、文芸、学術、美術又は音楽の範囲に属するものをいう」となっており、次に著作者については「2、著作者　著作物を創作する者をいう」と定めています。

また、著作物の例示については、「第十条（著作物の例示）」として、

1、小説、脚本、論文、講演、その他の言語の著作物

2、音楽の著作物、これには詩と曲の、二つがあります。それから、

3、舞踏または無言劇（パントマイム）の著作物で、パントマイムの行為それ自体に著作権がある、としています。

4、絵画、版画、彫刻、その他美術の著作物

5、建築の著作物

これが面白い。これは図面の著作権と出来た建物の両方に著作権が発生します。建築物をそのまま写真にとって同じ建物を作った場合は著作権法違反になります。出来た建物に著作権があるからです。特色のある家を作ったらそれに著作権が発生し、その家を真似て作ったら著作権法違反になるわけです。

次は罰則です。昔は一年以下の懲役もしくは百万円以下の罰金でありましたが、だんだん重くなりまして、現在は一〇年以下の懲役若しくは一千万円以下の罰金ということになっています。しかもこれを併科することに改正され、著作権を積極的に、大事に扱おうという社会になっています。ですから皆様も盗作をいたしますと、一〇年以下の懲役若しくは一千万円以下の罰金になります。でもこれは親告罪ですから相手が訴えないと罪にはなりません。自分の句を他人がどこかでそのまま発表または掲載した場合は刑事事件として訴えるとと

もに、民事事件として損害賠償の請求をすることが出来ます。今東京地裁には知財高裁という知的財産を専門的に扱っている係りがあります。他人の句を勝手に自分の句として発表したり、掲載をしないようにしてください。一〇年以下の懲役若しくは一千万円以下の罰金になりますから。

3、川柳と著作者人格権（公表権、氏名表示権、同一性保持権）

それから元に戻りますが、第三条、（著作物の発行）についてですが、皆様の川柳を一定部数を作って公表する。簡単にいえば『ぬかる道』に掲載すれば公表したことになり、自動的に著作権が発生します。

次に著作権の発生ですが、規定第十条の七映画については、脚本家、俳優、音楽家とかには映画の著作権は発生せず、映画会社が著作権を保有（第二十九条により）することになっています。他の著作権とは少し取扱いが違います。

次に著作権の権利ですが、著作権には二つの権利があります。一つは著作者人格権、もう一つは財産権であります。また、著作者人格権には権利が三つありまして、一つは公表権、二つは氏名表示権、三つは同一性保持権です。即ち自分の作った川柳を公表するかしないかは個人の権利であります。第三者が黙ってそれを公表したとなるとこれは公表権の侵害ということになります。公表するかしないかは著者の権利なのです。もう一つは氏名表示権、名前を出すか出さないかは本人の権利ですが、名前を出さないと著作権の寿命が違ってくるのです。

第五十一条（保護期間の原則）です。川柳の寿命も関係いたします。「著作権の存続期間は、著作物の創作の時に始まる。著作権はこの節に別段の定めがある場合を除き、著作者の死後五十年を経過するまでの間、存続する」

要するに名前をきちんと書く、あるいはペンネーム、雅号、これも一般的に知られたものでなくてはいけない。自分だけ分かっているものではいけない。例えば大佛次郎これはペンネーム、本名は野尻清彦といい、天文学者野尻抱影の弟です。ところが野尻清彦と言ってもおそらく誰も知りません。大佛次郎としての方が有名なのです。

そこで皆様も本名で出す場合と無名、変名で出す場合、今は生存中及び死後五〇年が原則となっています。その計算は第五十七条にありますが、亡くなった翌年の一月一日から起算して五〇年となります。その間皆様の川柳が新葉館でしっかり売れたらその印税が入ってきます。どのくらい印税が入るかは別にいたしまして、こういうことでございます（笑い）。

4、仲川日川協会長のこと

川柳を私は作りません。いや作れないのです。日川協を作る時、川柳を作らない人が役員で日川協にいないと文化庁が認可しないということで、私が仲川会長に引っ張り出されて監事になったのです。仲川先生は先週（二〇〇八年一〇月十五日）九二歳でお亡くなりになりました。お見舞いに松山まで出かけ帰宅してテレビを見ていたら息子さんから連絡があり、

「実は、清水さんが帰られたあと、息を引き取りました」ということで、またすぐ飛行機で松山へ行きました。先生は、大変素晴らしい句を沢山残されました。もっと長生きをして欲しい方でした。ご冥福を祈ります。この一〇月三〇日に本葬が執り行われます。

さて、本題に戻りますが、無名、変名の場合は保護期間が変わってくるのです。第五十二条（無名又は変名の著作物の保護期間）無名又は変名の著作物の著作権は、その著作物の公表後五十年になる。

ところが名前をきちんと書いてあれば、死後五〇年著作権は保護されるのです。

『ぬかる道』のような団体名義の出版物は公表後五〇年、映画だけは公表後七〇年となっています。しかし、いずれ我々の著作権も死後七〇年になります。欧米はすでに死後七〇年とか、九〇年になっているところもあります。

さて、著作者人格権の話に戻りますが、もう一つは同一性保持権で、これが大事なところです。

第二十条（同一性保持権）であります。「著作者は、その著作物及びその題号の同一性を保持する権利を有し、その意に反してこれらの変更、切除その他の改変を受けないものとする」として、文章や題号を勝手に替えると、著作者人格権の侵害になります。

5、同一性保持権の適用除外

しかし、同一性保持権も次のような場合は、適用除外となります。第三十三条の、教科書については学校教育の目的上やむを得ないとみとめられるものは、一部変えてもよいということになっています。

それから第三十四条（学校教育番組の放送等）の場合も、例えば三年生では分からない部分の漢字や表現があった場合は、改変してもよいということになっています。同一性保持権というのは勝手に変えてはいけないということです。別室で選者の先生が選をしています。その先生が勝手にその句を変えることは出来ないのです。皆さんがいい句に変えてくださって結構ですと言わない限り、同一性保持権の侵害になるのです。（笑い）ですから今著作権で一番問題になっているのは同一性保持権の侵害です。これを具体的にまとめ直しますと、次の場合は違反にはならないということです。


一つは、教科書や教育番組についてはよろしい。

二つは、建築物の増築、改築、修繕又は模様替えによる改変も許されます。建築物に著作権はあるのですが、台風で飛んだひさしを直すとき変わっても構わないということです。

三つは、特定の計算機においては利用し得ないプログラムの著作物を当該電子計算機において利用し得るようにするため、又はプログラムの著作物を電子計算機においてより効果的に利用し得るようにするために必要な改変。パソコンの場合は、機種が違うとやりかたが変わるから変えても構わないということでしょう。以上三つの他に、四つは、著作物の性質並びにその利用の目的及び態様に照らしやむを得ないと認められる改変は許される。句を先生に添削してもらう必要性を認めれば、第二十条の二の四の規定に該当し、認められるのです。

　同一性保持の権利は非常に厳密になっていいます。例えば、文章の句読点を勝手に変えてもいけない、見出しを適当に書き換えるということも、題号の改変になります。例えば映画の「二等兵物語」を「新二等兵物語」として発表したところ、訴えられました。

　そして「新二等兵物語」が負けました。題号の同一性の侵害として損害賠償を求められました。いずれにしても著作者人格権は皆様が句を作る場合、人の句を参考にして独自の句を作るのはいいのですが、そのまんまではいけません。

　それから句評などで他人の句を引用する場合、これは適法で第三十二条(引用)により、公表された著作物は、引用して利用することが出来ます。しかし、その場合も引用は必要最小限の引用でないといけないことになっていますから、注意してください。引用とは別ですが、引用以外でも、例えば図書館での一部複製などは認められています。

　第三十一条(図書館における複製)により図書館法で定められた公立図書館が対象で来館者のために複製を許可している。

　著作権のもう一つの権利は財産権です。これは著作者人格権と違って、お金になるものです。具体的には、複製権、上演及び演奏権、上映権、公衆送信権等、口述権、展示権、頒布権、譲渡権、貸与権、翻訳権、翻案権等、二次的著作物の利用に関する原著作者の権利などがあります。

また、公正な利用につき、もう少し説明します。即ち、著作権の制限については、プライベート・ユース、これは第三十条(私的使用のための複製)ですが、家庭で楽譜をコピーして誕生日に皆で演奏するのは認められる。ただし、会社では許されません。このほか、前述した図書館での一部複製や引用、教科書や学校教育番組への利用、学校その他の教育機関での複製、試験問題としての複製などが認められています。

最後に他人の川柳を盗用するとどうなるか(著作権上の罰則)ですが、これは親告罪で相手から訴えられますと、現在は非常に厳しい罰則がありますので注意してください。

皆様それぞれが立派な著者なのです。これからも積極的にいい句を沢山作り発表してください。そして子供たちがおおいに川柳を勉強する機会を作ってやってください。

私は川柳は世界に誇る短詩文学であると信じています。ですから一層、自信と確信と信念をもって良い句をつくり、積極的に発表してもらいたいと念じながら、本日の講演を終わらせていただきます。

(平成二〇年一〇月二五日)

回文の魅力と作り方のコツ

落合　正子
（回文・言葉遊び作家、日本回文協会会長）

0、はじめに

皆さま、明けましてお目出度うございます。東葛川柳会さまには、いつもお世話になっておりますが、私はちょっと遠方で、毎月の御社の例会には参加出来ないのですが、大会とか、特に吟行会には、毎年楽しく参加させていただいております。

今日は僭越ながら回文についてのお話をさせて頂きます。多少なりとも面白可笑しく聞いて頂ければ幸いで、光栄でございます。

回文がお上手な方もいらっしゃると伺いましたが、殆どの方は未経験とお聞きしましたので、特に皆さまは川柳をおやりになるので、「七文字回文」を中心にお話ししたいと思います。

皆さまにも実作をしていただきます。

Ⅰ、回文に有利な日本語の特徴

日本語は回文に有利な特徴を三つ持っていて、それは資料にもあるように、

①一字一音であることです。私の名は「まさこ」ですが、「ま」はどこから読んでも「ま」ですが（「さ」でも「こ」でも同様）、他の言語では「MA」というように母音と子音で一音を形成しているため、左からよむと「ま」でも右から読むと「ま」にはなりません。また、「knife」「comb」のように発音しない子音などが付く言語もあり回文は成立しにくいのです。英語でも回文はあることはありますが、やたら固有名詞が出てきます。

例えば、ENID AND EDNA DINE.（エニッドとエドナがお食事）などは、4ワードの中に2ワードの固有名詞が入ります。DID DEAN AID DIANA? ED DID.（ディーンはダイアナを助けたの？ エドが助けたさ）では、6ワードで三個の固有名詞が入っています。

これらの名前はアダムとイブのように関連性をもったものではなく、都合よく繋がるものをあてがってきただけなのです。

②二つめの特徴は、多彩な漢字の活用と、ひらがな、カタカナの三種混合です。見ただけで理解できるのです。新聞の見出しに「東北地方でマグニュチュード8」とあったら一目みただけで、私たちは読み取っています。

弾きし琵琶　「虫の音の沁む」　わびしき日

この文は全体として回文になっていますが、真ん中の「音」は（おと）と読んでは回文になり

ません。これを（ね）と読んでやることで回文が成り立ちます。また、（ね）と読んでも、「音」という漢字を使っている限り、「寝」、「根」、「値」の意味と混同することはありません。

次の例に皆さんルビを振ってみてください。

すぐ風泣き砂丘行き先なぜ隠す

（すぐかぜなきさきゅうゆきさきなぜかくす）

これは、鳥取砂丘に行ったとき、風で足跡がさらさらと消えて行くのを見て作ったんですが、真ん中の「行き」を（いき）ではなく（ゆき）と読んで始めて回文になりますが、（ゆき）と読ませても間違いではなく、「行」という漢字を使っているかぎりは、意味を違える事もありませんね。もしこれが漢字は使わず、全部仮名であったら一目では分かりません。平仮名、カタカナ、漢字の三種混合は見ただけで理解できるのです。三つ目は、

③多数の同音異義語があることです。これは回文が出来る可能性がそれだけ広がります。

逆の意味の同音語すらあります。「冷遇」と「礼遇」、「不動」と「浮動」、「除名」と「助命」など。このように回文は、日本語の特色を有効に使える遊びで『アイらぶ日本語』の最たるものと言えます。

練習に入る前に、日本の最も古い例に触れておきます。

（レジュメ〈本項二〇九～二一〇頁〉をお持ちでない方は居られますか。お持ちします。……司会）

最も古い例（十二世紀）を挙げますと、

むら草に草の名はもし備はらばなぞしも花

の咲くに咲らむ　（悦目抄、奥義抄）

〈群れ咲いている草花にも名前があったならなぜそんなに咲きに咲くのでしょうか、（全部は覚えきれないのに…）〉

歌の意味としては、屁理屈でたいした意味はありません。恋の歌なども「あんたが好きよ」という事の他に、言葉の掛け調を楽しんだり、枕詞を使ったりした言葉遊びが結構多いことから鑑みても、これは一応意味が通っていて、しかも回文になっているということが後世に残ったということでしょうか。

次も同様です。

惜しめどもついにいつもと行く春は悔ゆともついにいつもとめじを　（悦目抄）

〈惜しんでも春はすぐ過ぎてしまって、とても止められないよ〉という意味で、回文になっています。『悦目抄』の著者は藤原基俊と言われてます。奥義抄は藤原清輔の著です。

次の吾吟我集《ごぎんわがしゅう》は、回文集としては、最も有名なもので、古今和歌集をもじって、これに濁音をつけた言葉遊びです。古典の回文集としてはもっとも有名なもので、回文歌十五首が載っています。これは国立国会図書館にあって、そこで取らせて貰ったコピーを、今から三部回覧します。回覧した古典の「原文と訳」とを見較べてください。（こりゃ、凄い、の声あり）

古文書ですので読みにくいでしょうから、赤で私が横に意味を書いておきました。

春は「さくら」、夏は「たうえ」、秋は「きく」、冬は「ふゆのよ」という言葉が入っています。

………（歌の説明あり）………

次に、江戸時代に流行した回文、

長き世の遠《とお》の眠《ねぶ》りのみな目覚め波乗り舟の音の良きかな
（ながきよの　とおのねぶりの　みなめざめ　なみのりふねの　おとのよきかな）

江戸時代に流行した回文

長《なが》き世《よ》の遠《とお》の眠《ねぶ》りのみな目《め》覚《ざ》め波《なみ》乗《の》り舟《ふね》の音《おと》の良《よ》きかな

これを知っている方は、手を挙げてみて下さい。あぁ、三～四割はいますね。流石川柳人。これは七福神の初夢の縁起物です。この絵を枕の下に敷いて寝ると、良い初夢が見られるというふれこみで、年末に売りに来たものです。コピーのうち字が丸く書いてあるものは、切れ目が無くて縁起が良いということで、回文が重宝がられました。もう一方の絵は、宝船に七福神が乗っていて、中に女性がいます。弁天様ですね。

Ⅱ、実作、練習

では、古典に対する蘊蓄はこのぐらいにして、練習問題に入ります。

まず、七文字回文をやります。

これについての最も簡単なやり方は、三文字の言葉をひっくり返して真ん中に「助詞」を入れるという方法です。例えば、

だんし ㋕ しんだ（談志　が　死んだ）

です。この程度でしたら、誰でもすぐに出来ると思います。必ずしも「が」でなくても「も」

「と」……などいくらでも入ります。しかし助詞だけですと直ぐ行き詰るので、それ以外を考えます。

お配りしたレジュメの二頁目に、回文あんこ句というのがあるので、これを使ってみましょう。①の、

イタズラは　わたし○したわ　すみません

前の「だんしがしんだ」と同じように、助詞は「が」以外でもたくさん入りますよね。例えば「は」「も」「と」など。でも助詞以外でしたらわたし㋵したわ、になります。

上五と下五の整合性を考えずに中七だけなら「か」(貸)、「け」(消)、「こ」(越)、「ほ」(干)、「さ」(刺)、などなど。

では次に、⑫の「団子○こんだ」を考えましょう。「団子」は食べる「だんご」です。何が入るか言ってみてください。

(次々に会場から回答)「し」(仕)、「へ」(凹)、「に」(煮)、「は」(運)…(動詞)

名詞で考えると、どうなりますか? (会場から)「や」(屋)、など。

次に⑥を見てみると、

かがみ(鏡)○みがか

このままでは○に何を入れても文が成立しないので、その場合は前の「かがみ」と後の「みがか」を入れ替えて(倒置)→「**みがか○かがみ**」として、「ぬ」をいれると成立します。「る」をいれたら「磨かる鏡」で逆の意味でも成立です。

次に⑬を見てみましょう。

「このこ○このこ」

1　2　3　4

まず、助詞を入れてみると、（会場から）「は」「と」「も」「に」などの答え。

次に、○に入る字と、三番目の「こ」を関連づけて考えると、どうなりますか。（会場から）「ど」「こ」「そ」「ね」「た」などの答え。

次に、清濁兼用（にごり、「゛」を付けたり、付けなかったり）を考えながらやってみましょう。

二番目の「こ」と、○に入る字を関連づけてみると、どうなりますか。→ご「に」（後に）、ご「の」（後の）、ご「ろ」（頃）

今までやって来たのが、一字追加法と言いますが、長い例をあげてみます。

ほあんいん○んいんアホ　（ぜ）（保安員全員アホ）

おおのくに○にくのおお　→（倒置して）にくのおお○おおのくに　（い）（肉の多い大乃国）

次に、一字消去法をみてみます。レジュメの例を参考にしてください。

ここで課題　→○○○に文字を入れて、七文字回文を作成。清濁両用、倒置可。

例題　くさ①②③さく

①と③に同じ文字を入れ、②を決めて回文にする。ちょっと、実習してみましょう。出来るだけ沢山作ってみてください。（10分〜15分）

…………（会場実習中）……

（静寂、すこしざわざわ）………

よろしいでしょうか。それでは　どうぞ発表してください。

まず、助詞（は、に、の、も、と、が）を考えると、

くさ（は）（な）（は）さく→草花は咲く

くさ（に）（は）（に）さく→草庭に咲く

くさ（の）（み）（の）さく→草の実の咲く

くさ（も）（み）（も）さく→草も実（木、葉）も咲く

くさ（と）（き）（と）さく→草と木と咲く

くさ（が）（お）（か）さく→草が丘咲く

助詞以外では、

くさ（き）（あ）（き）さく→草木秋咲く

くさ（き）（し）（き）さく→草木四季咲く

漢字（草、咲く）の意味にこだわらなければ、

くさ（き）（ひ）（き）さく→草木引き裂く

くさ（む）（ら）（む）さく→草むら無策

くさ（り）（き）（り）さく→鎖切り裂く

このように語彙力（ボキャブラリー）がキーですので、皆さんの場合はこの点は全然問題ないですから、直ぐに出来るようになると思います。

同じ例題で倒置法をやってみましょう。くさ〇〇〇さく、ではなく、さく〇〇〇くさ、です。

「に」→さくになにさく、「は」→さくはしばくさ、さくはヒバ草、「の」→さくのはのぐさ、さくのこのくさ、さくの田のくさ、さくの菜のくさ、さくの野のくさ、「か」→さくかわかくさ（咲くか若草）

ここでおさらいです。ダンスという言葉をいれて七文字回文を作ってください。清濁両

用ＯＫ（つまり「たんす」でもＯＫ）、もちろん倒置もＯＫ。

答え↓（ダンスが済んだ、ダンス休んだ、ダンス弾んだ、ダンスはズンダ、ダンス進んだ、ダンス止すんだ、箪笥盗んだ、箪笥燃すんだ、箪笥くすんだ、箪笥沈んだ）

倒置↓すんだ和箪笥、済んだかダンス、ズンダカダンス

ダンスは済んだ、ダンス弾んだ、ダンスはズンダ↓これらはひらがなで書いたら清濁兼用ですからまったく表記が同じです。（だんすはすんだ）。そこで漢字が物をいいます。

またリズムの意味のズンダはカタカナで書けばリズムということがわかります。漢字、仮名、カタカナの混合が大いに物を言いますね。

最後に、漢字回文をやってみましょう。これらは文全体としては回文になっていないのですが、面白いので、レジュメに例文を四つほど載せておきました。

漢字回文↓高額の切手で払う手切れ金

長年の苦労を語る年長者

座るなり相手の手相見る見合い

途中から中途半端にはさむ口

また、元になる熟語を挙げておきました。
（文末のレジュメ参照）

A群は、意外と遠い関係ですが、B群は近いけれども微妙に違う関係です。例えば、

女王／王女　女が憧れるのが女王、男が憧れるのが王女

出演／演出　表で頑張るのが出演、裏で頑張るのが演出

現実／実現　夢が夢で終わるのが現実、夢が

愛敬／敬愛　夢で終わらないのが実現
ふりまくことができるのが愛
敬、ふりまけないのが敬愛

長身／身長　短いのはないのが長身、短いの
もあるのが身長

産出／出産　物を生み出すのが産出、命を生
み出すのが出産

会議／議会　形がなくても話が出来るのが
会議、話がなくても存在するの
が議会。

では、五七五でなくてもいいので、今から作ってみてください。（ぞくぞく会場から発表）

裏口の入社　口裏合わせとく
孫子の子孫　いったい誰だ
口出しするから　出口がない
番茶を飲んで　茶番劇を見る
上目遣いに　目上が怒る
高座では　座高の高さ　ものを言う
現実は　実現しない　ことばかり
川柳が好きで　柳川ナベも好き
情事ではないさ　事情を聞いてくれ
出演を　わたしよしたわ　演出さ
家出する　奴は必ず　出家する
会社には　まだ入れない　社会です
途中から入れて　中途で辞めさせる（肩叩き）
愛の中心　心中願望
空虚に生きて　虚空に散骨
事情ある　人と情事を　重ね合い

沢山でましたね。さすがは皆様お上手で脱

帽です。なかなか面白いでしょ。このように色々遊び方があるので、これから親しんでください。

Ⅲ、まとめ

質問を受け付けます。あと三分ほど時間があるので。

（1）「を」と「お」は兼用できますか？

答……これは現代文ではしない方が良いでしょう。同様に「わ」と「は」も同じです。

（2）「へ」と「え」は如何？

答……これも不可です。

参考までに資生堂の前社長の福原義春氏が作った回文をご紹介しましょう。福原氏は回文がご趣味で、多くのすぐれた回文を作句しております。その一つです。

「傘丸く遠目は夫婦車坂」（かさまるく　とおめはめおと　くるまさか）

どうも有難うございました。

（平成二四年一月二八日）

※資料(附録)

回文実習(問題集)

●回文あんこ句(中七が回文)　※(　)内に主な正解。

①イタズラは　わたし○したわ　すみません　(が、よ、等多数)
②恋去って　燃えさ○さえも　残らない　(し)
③競馬誌の　よそ○は○そよ　オケラだよ　(う、く)
④赤々と　○るも点る○　聖火台　(よ、ひ)
⑤横綱の　り○しのし○り　見る初日　(き)
⑥かがみ(鏡)○みがか　→　(倒置)みがか○かがみ　(ぬ、る)
⑦効いてても　○すりのりす○　副作用　(く)
⑧大リーガーで　○つまで松○　打てるかな　(い)
⑨身軽だね　と○さにさ○と　すぐよけた　(つ)
⑩野菜嫌い　け○かはか○け　歩けない　(つ)
⑪酔いつぶれ　○て目覚めて○　ここはどこ　(は)
⑫団子○こんだ　(に、へ、や、等多数)
⑬このこ○このこ　(ど、ね、等多数)

●回文サンドイッチ句(上五と下五が回文)

①○い先手　名人の碁は　天性○　(よ)
②眠る○の　小さい歯形　の○る胸　(こ)
③も○たいか　そんなところに　書いた○モ　(め)
④カルテ○ト　うまくリズムを　と○てるか　(つ)
⑤ママレ○ド　オレンジ味は　ど○れママ　(ー)

●一字追加法

ほあんいん○んいんアホ、

倒置　おおのくに○にくのおお→にくのおお○おおのくに

●一字消去法

＊さくら　らくさ……中央の「ら」を一つ取る　さくらくさ（桜草）
一字追加　さくら開くさ
＊からかみ　みからか……「み」を一つ取る　からかみからか（唐紙からか）
＊しらかば　ばからし……「ば」を一つ取る　しらかばからし（白樺枯らし）
＊たけやぶ　ぶやけた……「ぶ」を一つ取る　たけやぶやけた（竹藪焼けた）
＊もえさし　しさえも……「し」を一つ取る　もえさしさえも
（燃えさしさえも）

●課題→○○○をいれて七文字回文作成、清濁両用、倒置可

二文字単語からの七文字回文作成
縁語　→　例　草サク、菊くき
手持ちの二文字回文を増やす　：　今舞い、きたたき、今朝酒、朝さあ

くさ○○○さく　倒置→　さく○○○くさ
123　456

●漢字回文

高額の切手で払う手切れ金
長年の苦労を語る年長者
座るなり相手の手相見る見合い
途中から中途半端にはさむ口

●参考例

A　：　子馬・馬子　家出・出家　高座・座高　上目・目上　夫人・人夫
世辞・辞世　番茶・茶番　事情・情事　中心・心中　裏口・口裏
機動・動機　体得・得体　所長・長所　規定・定規
B　：　女王・王女　出演・演出　現実・実現　愛敬・敬愛　長身・身長
産出・出産　会議・議会

私のユーモア川柳この一句

No.004

鬼の面外してみたらもっと泣き　野口　良
よく言うよ私すべてがユーモアか　橋本　滋子
脳の中あったらいいなカーナビが　長谷川悠子
同窓会童顔探る鼻眼鏡　巾　康友
ガラス越し動けば負けの犬と猫　福留　隆治
節電と称し外出増える妻　古川　聰美
女王さまとお呼びと妻のサングラス　松澤　龍一
健康も頑固も戻る快復期　松前　貞子

浮気ならどうぞと妻は太っ腹　三浦　芳子

節電へクーラー恐る恐る点け　見村　遊眠

黒タイツ履いて油断をしてる足　安川　正子

遺言を半分書いて気が変わる　山田とし子

ゴミ処理も地球規模から宇宙規模　山本由宇呆

スカイツリー古寺に見習う心柱　吉田　格

愚痴を聞く電話片手に目はテレビ　吉田　恵子

メタボ腹酢で締めようか吸い出そか　渡辺　清子

ユーモア党宣言！

第5章
歴代ユーモア川柳傑作集

今川乱魚ユーモア賞　歴代受賞作品

（第一回〜第十九回）

第一回（平成五年）

大賞　ピンク着て賞味期限をまたのばす　窪田和子　千葉県柏市

準大賞　時々は虫干しに妻連れて出る　穴澤良子　千葉県柏市

いってらっしゃい妻が手渡すゴミ袋　長尾美和　千葉県船橋市

熱帯魚妻の顔だけ知っている　石井清勝　東京都板橋区

第二回（平成六年）

大賞　アイラブユーくらいは入歯でも言える　上田野出　千葉県八千代市

準大賞　燃えつきたらしい此の頃身が軽い　石井清勝　東京都板橋区

合わせミソ子の能力はそれなりに　笹島一江　千葉県松戸市

その先はいぶし銀から燻製に　小松文枝　千葉県松戸市

へそくりがたまり長生きしたくなる　今成貞雄　千葉県柏市

なんとなく疲れた靴が履きやすい　長尾美和　千葉県船橋市

第三回（平成七年）

大賞

長生きの秘訣元気で医者通い　森冨士三郎　埼玉県松伏町

準大賞

大江文学読むぞ枕も用意して　船本庸子　千葉県松戸市

おっぱいを乳房に戻す離乳食　津田暹　千葉県市原市

佳作

お互いに笑うしかない物忘れ　石井清勝　東京都板橋区

今にして思えばあれでプロポーズ　穴澤良子　千葉県柏市

豆腐好きのライオンなんか怖くない　おかの蓉子　東京都世田谷区

反省はしない猿とは違うから　久野紀子　千葉県柏市

取扱書つきの赤ちゃん欲しいママ　池田信一郎　神奈川県横浜市

第四回（平成八年）

大　賞　棒切れを拾うと何かしたくなる　石井清勝　東京都板橋区
準大賞　ヒップアップニュートンへ書く果たし状　平野こず枝　茨城県つくば市
高速という名の長い駐車場　菅井京子　千葉県香取郡

第五回（平成九年）

大　賞　助手席のナビゲーターはよく眠り　薄木博夫　茨城県藤代町
準大賞　洗っても夫の形になるパジャマ　笹島一江　千葉県松戸市
こんな夜更けに妻よ包丁など研ぐな　玉木柳子　福島県郡山市
お揃いのパジャマで別の夢を見る　印牧さくら　東京都足立区
無料パス手にした日から行動派　石井清勝　東京都板橋区
委員長特別賞　健康に気をつけながら喫う煙草　野水恵　高校三年生

第六回（平成一〇年）

大賞　宇宙では亭主を尻に敷けません　川村安宏　茨城県土浦市

準大賞　住まいより日当たりのいい墓地を買い　窪田和子　千葉県柏市

寝たふりをすると必ず寝てしまう　中島久光　岩手県盛岡市

佳作　リストラの名簿俺にも赤いバラ　川瀬進皓　埼玉県さいたま市

花婿の母も悲しい披露宴　笹島一江　千葉県松戸市

眼鏡を隠す神様が来て困ります　大西豊子　千葉県柏市

委員長特別賞　葬式のお茶葬式の味がする　斉藤真成美　小学二年生

第七回（平成十一年）

大賞　昔くちづけ今は一喝して起す　真弓明子　福島県いわき市

準大賞　何だろう近頃妻が美しい　加藤鰹　静岡県静岡市

虫の喰わぬ野菜を人が食べている　野口きぬえ　茨城県八郷町

電柱よこの愛しくて邪魔なもの　笹島一江　千葉県松戸市

だとしてもちょっと惹かれるバイアグラ　田制圀彦　千葉県野田市

委員長特別賞
妹のねごとに返事してしまう　吉田夏歩　小学四年生

第八回（平成十二年）

大賞
リストラですか鳩が気易く話しかけ　中澤巌　千葉県流山市

準大賞
盗聴が怖くて手話を習い出す　柳川秀子　神奈川県横浜市

佳作
かみさんの子分になった定年後　河野なかば　埼玉県所沢市

お相撲の歌が国歌として決まり　田制圀彦　千葉県野田市

受付に美男がふえた均等法　坂牧春妙　東京都港区

均等法職場の花を植替える　深谷修　東京都葛飾区

おとぼけも練習しよう介護法　稲葉サカヱ　千葉県流山市

携帯を忘れて異邦人になる　中島久光　岩手県盛岡市
逆うた嫁が看護の手を抜かず　古崎順子　大阪府堺市
手の皺を生命線へ継ぎ足そう　原野正行　東京都足立区

第九回（平成十三年）

大賞
ゴミ拾いました神様見てますか　浅野幹男　東京都文京区

準大賞
風景がどれも縮んでいる母校　椎名七石　茨城県牛久市
私より私を知っている噂　野水落矢　東京都葛飾区

佳作
ママが怒るとピカピカになるおうち　岩瀬恵子　埼玉県春日部市
表札に十七歳がいると書き　熊谷冨貴子　千葉県流山市
プライドも一緒に包む紙おむつ　狩野猫柳　神奈川県横浜市
自分史の嘘の部分が褒められる　中島久光　岩手県盛岡市
夫と子が作ってくれた笑い皺　上鈴木春枝　千葉県柏市

第十回（平成十四年）

大賞　リストラで自治会長に迎えられ　藤志水志津子　三重県四日市市

準大賞　癌告知笑うといいと医者は言う　坂牧春妙　東京都港区

佳作　苦労話している時が嬉しそう　椎名七石　茨城県牛久市

ゴミの日の暦で生きている余生　白濱真砂子　茨城県龍ヶ崎市

改革の痛みは虫歯ほどかしら　中澤巌　千葉県流山市

料金はシニア映画はラブロマン　島田小吉　東京都世田谷区

長生きの秘訣知らない方がいい　竹内一人　千葉県富山町

求人欄飼い猫までがのぞきこみ　松尾仙影　千葉県松戸市

第十一回（平成十五年）

大賞　本当に百まで生きていいですか　松尾タケコ　千葉県松戸市

準大賞　履歴書にないが笑顔が美しい　金栗片詩　熊本県熊本市

佳作　すばらしい他人であったころの妻　西秋忠兵衛　千葉県千葉市

社に埋めた骨リストラで返される　笹倉良一　奈良県奈良市

職安で家業を継げと勧められ　恋川富町　東京都文京区

親と子が回し読みする求人誌　一知（ピンチ）　大阪府羽曳野市

保育器で天下を目指す大欠伸　寺下敏雄　和歌山県海南市

温暖化地球は汗を拭ききれぬ　山本由宇呆　千葉県松戸市

第十二回（平成十六年）

大賞　散歩道犬も会いたい犬がいる　川村安宏　茨城県土浦市

準大賞　開け易い金庫で金が貯まらない　村木糸平　岡山県船穂町

オレオレオレ死んだ息子が電話する　楠本晃朗　大阪府和泉市

佳作　背くらべ背のびしたのは父のほう　鈴木京子　静岡県大仁町

美味いもの食わせぬ妻の思いやり　山荷喜久男　茨城県古河市
三食のメニューを締めくくる薬　山本義明　千葉県柏市
犬語なら解るが妻の意は汲めず　千葉克子　千葉県茂原市

第十三回（平成十七年）

大賞　それだけで賞をあげたい子沢山　駒井かおる　兵庫県川西市
準大賞　チャンスには弱いがピンチにも弱い　竹内一人　千葉県富山町
佳作　お供えにわたしの好きなものを買う　小阪福枝　石川県金沢市
猫だけが自宅介護を受けている　山荷喜久男　茨城県古河市
最初はグーいい友達を持っている　中村安重　福岡県大牟田市
遊んでる蟻を見つけて安堵する　伊東光江　宮城県仙台市
子育ての失敗猫でやり直す　田村常三郎　秋田県秋田市
Jr.特別賞　父帰る父の土産を出迎える　佐野あゆみ　千葉県浦安市、東葛飾高校二年

第十四回（平成十八年）

大賞　愛すこし不足してます骨密度　坂本香代子　茨城県牛久市

準大賞　不覚にも下戸の肝臓移植され　坂牧春妙　東京都港区

子育てを終えた乳房のリラックス　平野ふじ子　静岡県磐田市

佳作　恋をして料理手伝う子に変わり　古川茂枝　千葉県松戸市

初恋の人に出会ったデイケアー　吉野綾子　沖縄県那覇市

メーク良し後はメールを待つばかり　加藤秀子　東京都渋谷区

パスポート昔の顔で出ています　中島久光　岩手県盛岡市

Jr.特別賞　映画館ぐっすり眠っていい気持　赤瀬博樹　東京都葛飾区、芝工大柏中学十二歳

高い場所のぼってみたがおりられない　小山瑤介　東京都台東区、芝工大柏中学十三歳

第十五回（平成十九年）

大賞　鏡には己の時価が映ってる　松川涙紅　埼玉県鴻巣市

準大賞　あの世でもなにかしそうなデスマスク　菅沼道雄　岩手県花巻市
退院後しばらく妻が妻でいる　斉藤克美　千葉県松戸市
佳作　掴まえたトンボが手話で命乞い　川崎信彰　千葉県船橋市
長生きの褒美段々減らされる　山荷喜久男　茨城県古河市
パソコンに笑われ子には叱られる　坂本嘉三　神奈川県相模原市
気に入った写真を十年は使う　坂牧春妙　東京都港区
Jr.特別賞　目が泳ぐなぜならうそをついたから　山田凪沙　岩手県盛岡市、河北小六年
教科書はいつも学校でお留守番　藤村綾規江　千葉県八街市、八街南中三年
初デート話題がなくて焦りぎみ　須藤まゆ　千葉県我孫子市、駒込高二年

第十六回（平成二〇年）

大賞　子供より当り外れのないペット　糟谷尚　奈良県奈良市
準大賞　「あなただれ」いつかそんな日来る予感　松本八重子　千葉県野田市

佳作　老人が多いと嘆くお年寄り　山辺　梢　福岡県福岡市

佳作　老いらくの恋は通院日を合わせ　白浜真砂子　茨城県龍ヶ崎市

次の世は挨拶ぐらいしましょうね　伊藤三十六　東京都新宿区

自分史の嘘のところが面白い　太秦三猿　北海道札幌市

Jr.特別賞　扇風機何を聞いても首を振る　吉野優祐　千葉県八街市、八街南中二年

富士の山のぼってみるとなにもない　根本冬馬　千葉県八街市、八街南中二年

第十七回（平成二一年）

大賞　年金が待ち遠しいと孫が言う　水野　建　岐阜県大垣市

準大賞　誕生日主役の父は赴任先　中島亮一　千葉県流山市、東葛飾高校三年

肩書きに後期高齢者を加え　黒田正吉　群馬県桐生市

佳作　私より少し不幸が理想的　村上和子　広島県尾道市

中国を食わねば辛い食材費　横塚隆志　千葉県松戸市

Jr.特別賞　金要らぬ趣味を薦めてくれる妻　糟谷尚　奈良県奈良市
おとうさんなぞのポケットありますね　今井侑　静岡県浜松市、広沢小一年
かぶとむしつのがでかくてかっこいい　三浦寛太　千葉県松戸市、大橋ありのみ学童保育所

第十八回（平成二二年）

大賞　宇宙にも出来た日本のマイホーム　古川茂枝　千葉県松戸市
準大賞　ときめきか不整脈かが分らない　太秦三猿　北海道札幌市
腹立つと妻は丁寧語に変わる　伊藤泰史　静岡県静岡市
佳作　近頃の男は草を食うらしい　渥美さと子　静岡県静岡市
ロボットに好きな職種を奪われる　加藤ゆみ子　神奈川県横須賀市
大切な話は妻に代わります　杉山昭一郎　静岡県浜松市
Jr.特別賞　ジジババとママでかあさん三人だ　高橋実夢　千葉県松戸市、殿平賀小三年
せみのからだがせみのなかからでてきたよ　高橋海月　千葉県松戸市、大橋小一年

夕飯の手伝いしたら邪魔扱い　稲岡朋哉　千葉県柏市、中原中一年

第十九回（平成二三年）

大賞　肩書きを脱ぐと見えなくなるあなた　除田六朗　愛媛県松山市

準大賞　味噌汁は冷めるくらいの距離でいい　梅山すみ江　神奈川県川崎市

佳作　ロボットが嫌がる仕事させられる　金子秀重　岐阜県岐阜市

平成の迷い子はみんな百を越え　浅川和多留　山梨県笛吹市

出て行けと小さな声で言ってみる　寺田北城　青森県弘前市

心臓が羨ましがる休肝日　河崎勲　石川県金沢市

よく売れるエコと言う名を付けてから　オカダキキ　大阪府大阪市

Jr.特別賞　カレンダーめくってめくっていろんな日　佐伯美空　兵庫県小野市、大部小二年

じいちゃんが迷わずにくるなすの馬　宮内嘉一　愛知県名古屋市、上名古屋小六年

あんな人好きなあなたはナンセンス　柴田花連　神奈川県三浦市、三浦臨海高二年

東葛川柳会　大会・新春句会ユーモア入選作品一覧（一九八九〜二〇一二年）

句会ユーモア選句	作者	年・月	題	句会選者
ええ景色ですねえ岩が降ってくる	米田鉱平	89・10	降る	山本翠公
ずぶ濡れになるともう雨ニモ負ケズ	佐伯太郎	89・10	降る	山本翠公
紙の雪落とし損ねて雹が降る	田中良弘	89・10	降る	山本翠公
スピーチが長く料理の蝿を追い	豊田豊仙	89・10	スピーチ	江口信子
スピーチへ手のひらのメモ汗で消え	福島久子	89・10	スピーチ	江口信子
スピーチをしたいがお声かからない	人見忠雄	89・10	スピーチ	江口信子
泥沼に足を取られて目が覚める	内藤福三郎	89・10	沼	田中南桑
汚染した沼に奇形の魚棲む	石崎香潮	89・10	沼	田中南桑
水墨の沼に河童が主役めき	浅田扇啄坊	89・10	沼	田中南桑
アメリカの御隠居を呼ぶ日向ぼこ	佐伯太郎	89・10	時事雑詠	竹本瓢太郎
パチンコに僕は献金するばかり	中島久光	89・10	時事雑詠	竹本瓢太郎

消費税が待っておりますお腹の児	田中南桑	89・10	時事雑詠	竹本瓢太郎
映るものみんな鏡にしておんな	中村柳児	89・10	女	今川乱魚
いい世です女性が選ぶ立場です	茂呂美津	89・10	女	今川乱魚
水だけで太るのよと女言い	倉根六国	89・10	女	今川乱魚
マドンナもオバタリアンも更年期	菱田利郷	89・10	女	今川乱魚
年取って女の武器が減ってくる	小黒きよ江	89・10	女	今川乱魚
女系家族優雅に子ネコ躾する	長野清子	89・10	女	今川乱魚
原宿へ行くGパンの膝を裂き	渡邉蓮夫	90・01	装う	宮崎慶子
ペンギンもどてらでくつろぎたい日あり	久野紀子	90・01	装う	宮崎慶子
ペットにもある普段着と外出着	尾藤三柳	90・01	装う	宮崎慶子
強い母机の下に逃げる父	大戸和興	90・01	机	尾藤三柳
恋文を書いた机で離縁状	井ノ口牛歩	90・01	机	尾藤三柳
新しい机の脇に立たされる	山口安次郎	90・01	机	尾藤三柳
悪女悪女別れのワルツ上手です	中島久光	90・01	リズム	西村在我
二人三脚リズム合ったらもうゴール	土屋みつ	90・01	リズム	西村在我
フロンガス地球を不整脈にする	中村柳児	90・01	リズム	西村在我
評論家あなただったらできますか	内藤福三郎	90・01	自由吟	今川乱魚
飲めるうち一度会おうと便り来る	今成貞雄	90・01	自由吟	今川乱魚

日だまりに減価償却済みの顔	由良晏子	90・01	自由吟	今川乱魚
俺に似た人が居るぞと人面魚	田中南桑	90・10	時事雑詠	須田尚美
よく落ちるヘリと洗剤コマーシャル	大戸和興	90・10	時事雑詠	須田尚美
都庁移転書類満載深夜便	堀江加代	90・10	時事雑詠	須田尚美
人脈は豊か落第したおかげ	小久保林三	90・10	人脈	山崎涼史
人脈に向けてアンテナ高く上げ	久野紀子	90・10	人脈	山崎涼史
福の神人脈沿いにやって来る	石毛正夫	90・10	人脈	山崎涼史
ウルトラC猿が真似して木から落ち	岡田柳鬼	90・10	体操	田中南桑
組体操下でウチの子苦しそう	本多永勝	90・10	体操	田中南桑
スポーツ万能恋も万能まだ独り	窪田和子	90・10	体操	田中南桑
地続きは墓地だ道理で安い筈	島上　進	90・10	続く	松下佳古
立ち読みの続きは明日の昼休み	中村光雄	90・10	続く	松下佳古
居眠りの夢で講義が続いてる	見砂直弥	90・10	続く	松下佳古
ボランティア雨が降ったら休みます	印牧さくら	90・10	ボランティア	今川乱魚
五十代が七十代の世話をする	熊谷冨貴子	90・10	ボランティア	今川乱魚
ボランティア貯金だんだん底をつき	渡辺良輔	90・10	ボランティア	今川乱魚
水戸泉塩の相場を狂わせる	熊谷冨貴子	91・01	相撲	江口東白
花道を腹で風切る勝ち力士	穴澤良子	91・01	相撲	江口東白

相撲やめ背広に金がかかりすぎ	大久保操	91・01	相撲	江口東白
泥棒もチャンスと思う雪の夜	伊藤春恵	91・01	雪	西村在我
フィリピンの嫁が地蔵の雪払う	古川ときを	91・01	雪	西村在我
ロボットにお願いしたい雪おろし	久野紀子	91・01	雪	西村在我
みつぐ君同伴で行くショッピング	江口信子	91・01	ショッピング	中村柳児
やりくりが上手い女房のショッピング	小石漫歩	91・01	ショッピング	中村柳児
デパートで値切る妻から離れてる	清水文夫	91・01	ショッピング	中村柳児
抽せんが済んでから来る年賀状	清水文夫	91・01	自由吟	今川乱魚
縁側で船を漕いでるのも余生	宇梶きく	91・01	自由吟	今川乱魚
縛られて幸せですか夫婦岩	由良晏子	91・01	自由吟	今川乱魚
水玉のネクタイをしてきたゲスト	今川乱魚	91・10	ゲスト	天根夢草
ゲストにはリップサービスしてしまう	竹内ヤス子	91・10	ゲスト	天根夢草
ゲストルーム犬が一匹寝ています	佐藤美文	91・10	ゲスト	天根夢草
長寿です四号室に住んでます	おかの蓉子	91・10	四	中島和子
税務署が四角なことを言ってくる	近江あきら	91・10	四	中島和子
四の五のと言わせぬ妻に捨てられる	加藤美代	91・10	四	中島和子
高い敷居跨いで嘘をつきに来る	斉藤定雄	91・10	跨ぐ	田中南桑
教科書をまたぐと飛んできたゲンコ	今川乱魚	91・10	跨ぐ	田中南桑

古希の妻ゴメンナサイも無く跨ぎ	刑部鬼子	91・10	跨ぐ	田中南桑
一本だけまだ現役でがんばる歯	おかの蓉子	91・10	現役	野谷竹路
現役と思う乳房が二つある	森中惠美子	91・10	現役	野谷竹路
現役でパスした分をよく遊び	穴澤良子	91・10	現役	野谷竹路
税収は不足二番搾りする	阿部ふく	91・10	時事雑詠	今川乱魚
脱ぐ方の宮沢さんも目を集め	大倉なつ子	91・10	時事雑詠	今川乱魚
車庫がない車立たせて玄関に	細野良成	91・10	時事雑詠	今川乱魚
名水のラベルで石油より高い	中条公陽	91・10	時事雑詠	今川乱魚
可愛くてなまず殿下に似ています	福島久子	91・10	時事雑詠	今川乱魚
前後賞なし金丸のあみだくじ	佐藤美文	91・10	時事雑詠	今川乱魚
首一つ振れば総理の首が飛ぶ	伊豆丸竹仙	91・10	時事雑詠	今川乱魚
句が抜けてスキップをする帰り道	大倉なつ子	92・01	道	佐藤正敏
飲み屋への道は酔わせば思い出す	井ノ口牛歩	92・01	道	佐藤正敏
近道のはずと選べば行き止まり	平野こずえ	92・01	道	佐藤正敏
負けてあげたのよいい気にならないで	渡部康子	92・01	勝負	内藤悟郎
ジャンケンで寝床を決める旅の宿	出雲よし	92・01	勝負	内藤悟郎
末の子が勝ってトランプケリがつき	大戸和興	92・01	勝負	内藤悟郎
暮れに着くピント外れの年賀状	金村 和	92・01	ピント	伊豆丸竹仙

ピンボケの顔が目立って終電車	宮川ハルヱ	92・01	ピント	伊豆丸竹仙
万引がうまく写っていたカメラ	井ノ口牛歩	92・01	ピント	伊豆丸竹仙
定年後仲よしごっこ板につき	今成貞雄	92・01	自由吟	今川乱魚
迷惑であろうが妻よ愛してる	内藤悟郎	92・01	自由吟	今川乱魚
抱いて下さればたちまち治る風邪	五十嵐修	92・01	自由吟	今川乱魚
若いママ黄色い便で今日も無事	出雲よし	92・10	黄色い	川俣喜猿
お日さまがキイロに見えたのは昔	渡辺良輔	92・10	黄色い	川俣喜猿
三次会ムムム財布の黄信号	竹内ヤス子	92・10	黄色い	川俣喜猿
家事分担夫の老化防止です	竹内ヤス子	92・10	分ける	安藤亮介
言い訳の上手な猿を秘書に持ち	藤咲ただし	92・10	分ける	安藤亮介
けとばした石と痛みを分かち合い	稲井ふじ子	92・10	分ける	安藤亮介
高校へスキンのご用聞きが来る	近藤秀方	92・10	時事雑詠	佐藤一夫
ヌードからボカシを貰うドンの恥部	飯野文明	92・10	時事雑詠	佐藤一夫
次の実験宇宙で酒を飲んで欲し	大戸和興	92・10	時事雑詠	佐藤一夫
楽天家が涙あくびをしたのです	おかの蓉子	92・10	涙	井ノ口牛歩
焼きいもを食べて涙の小休止	今川乱魚	92・10	涙	井ノ口牛歩
救急車呼びたいように泣く女	久野紀子	92・10	涙	井ノ口牛歩
金が欲しいときには使うガムテープ	安藤亮介	92・10	テープ	今川乱魚

俺の為告別用のテープ撮る	西方誠英智	92・10	テープ	今川乱魚
盗聴のテープ固唾を飲んでいる	西村在我	92・10	テープ	今川乱魚
背なの感触に鳩胸だと分かる	唐沢春樹	93・01	押す	白井花戦
情熱と押しの一手を勘違い	梶原三夢	93・01	押す	白井花戦
押さないで下さい私ドミノです	五十嵐修	93・01	押す	白井花戦
乾杯の音からあなた意識する	太田紀伊子	93・01	音	唐沢春樹
目覚ましの急襲にあう冬の陣	江畑哲男	93・01	音	唐沢春樹
水を飲むひよこも音を立てている	須田尚美	93・01	音	唐沢春樹
アイデアマンだけど恋人だけできぬ	今川乱魚	93・01	アイデア	野谷竹路
アイデアを盗むアイデア考える	野口多門	93・01	アイデア	野谷竹路
アイデアもアイドルもない永田町	山本義明	93・01	アイデア	野谷竹路
宇宙でも働き過ぎる日本人	白浜真砂子	93・01	宇宙	今川乱魚
浄土行きコースがほしい宇宙船	中村安代	93・01	宇宙	今川乱魚
ストローを吸って宇宙の飯にする	飯野文明	93・01	宇宙	今川乱魚
添うてから知った夫のアデランス	井川幹司	93・10	くやしい	斎藤大雄
飲み会を断り帰宅妻は留守	平野清悟	93・10	くやしい	斎藤大雄
コンパニオン俺のボックス誰も来ず	梶川達也	93・10	くやしい	斎藤大雄
被るより頭にのせる婦人帽	橋本　薫	93・10	帽子	渡邊蓮夫

アデランスよりはとベレーのせている	石田きみ	93・10	帽子	渡邊蓮夫
帽子かぶれかぶれとエイズキャンペーン	江畑哲男	93・10	帽子	渡邊蓮夫
あやとりを母から貰う秋日和	奥田光代	93・10	渡す	石田きみ
遺書渡す妻よ長生きして欲しい	金子晃一	93・10	渡す	石田きみ
スペアキー渡してもまだ鈍いひと	山本義明	93・10	渡す	石田きみ
家一軒シナリオ通りには持てず	蔵多李渓	93・10	シナリオ	長野清子
予行演習通りに進まないデート	江畑哲男	93・10	シナリオ	長野清子
天唾になるシナリオと知らず書く	小石漫歩	93・10	シナリオ	長野清子
父さんが子守しているマーケット	橋本ひとし	93・10	市(いち)	井ノ口牛歩
蚤の市で掘り出すメイドインジャパン	いしがみ鉄	93・10	市(いち)	井ノ口牛歩
朝市の秋茄子嫁が買いに行き	森冨士三郎	93・10	市(いち)	井ノ口牛歩
たれてきた胸を押し上げ位置につき	石塚とし	94・01	スタート	大木俊秀
最初が肝心と新郎また言われ	江畑哲男	94・01	スタート	大木俊秀
ヨーイドンママ居る方に走り出し	野口寿	94・01	スタート	大木俊秀
すぐ凍る涙お酒で割っている	竹内ヤス子	94・01	割る	中村柳児
倦怠期目減りの愛が割るお皿	船橋豊	94・01	割る	中村柳児
割れ物に注意と妻の妊婦服	佐藤季穎	94・01	割る	中村柳児
三歩先女房の影スリーL	森冨士三郎	94・01	影	川俣喜猿

ジャンボくじ当たらないよと影がいう	伊藤青山	94・01	影	川俣喜猿
肥満体自分の影にまたおびえ	大戸和興	94・01	影	川俣喜猿
初恋の切なさ今は名も忘れ	菱田利郷	94・01	切ない	今川乱魚
胸キュンと受話器にキッスしてしまう	竹内ヤス子	94・01	切ない	今川乱魚
通帳の残高だけが減る余命	飯野文明	94・01	切ない	今川乱魚
口笛吹いて僕はゴミ袋を運ぶ	伊藤博	94・10	運ぶ	津田暹
けしからん手も運んでる満員車	小林光夫	94・10	運ぶ	津田暹
運ばれた衛星空で昼寝する	日野真砂	94・10	運ぶ	津田暹
酔いどれのパンチに耐えるのも幹事	加藤友三郎	94・10	幹事	植木利衛
幹事誤算女がみんないける口	伊豆丸竹仙	94・10	幹事	植木利衛
お銚子を振ると幹事の首が伸び	四分一周平	94・10	幹事	植木利衛
大福もビールもやります太ってます	水井玲子	94・10	菓子	飯尾麻佐子
菓子代ももらい僧侶のベンツ去る	笹島一江	94・10	菓子	飯尾麻佐子
デザートのケーキ選る目で男選る	津田暹	94・10	菓子	飯尾麻佐子
尻に触れる事芸術と心得る	小林紀鶴	94・10	触れる	唐沢春樹
弾みです貴方に触れたのはこの手	白浜真砂子	94・10	触れる	唐沢春樹
過去形で触れた古傷への自嘲	浜村昌一郎	94・10	触れる	唐沢春樹
メガバイトたかが我家の家計簿に	今泉竹童	94・10	パソコン	今川乱魚

文豪になれるパソコン持っている	四分一周平	94・10	パソコン	今川乱魚
パソコン通信あやしい薬買ってみる	竹内ヤス子	94・10	パソコン	今川乱魚
震度〇妻はますます不気味なり	江畑哲男	95・01	ゼロ	須田尚美
思考ゼロ何かおくすり下さいな	大倉なつ子	95・01	ゼロ	須田尚美
ストリッパー勿体つけて拝ませる	梶川達也	95・01	拝む	西村在我
鈴振って神を起こしてから拝み	宮川ハルヱ	95・01	拝む	西村在我
御先祖もひとりの妻をもて余す	上田野出	95・01	はるか	西秋忠兵衛
おーい無事か四角い箱に呼びかける	おかの蓉子	95・01	はるか	西秋忠兵衛
恋をしよう骨の密度を増す為に	熊谷冨貴子	95・01	自由吟	今川乱魚
学歴破壊来る日信じる落ちこぼれ	今成貞雄	95・01	自由吟	今川乱魚
結び目が解けず男の手を借りる	豊田豊仙	95・10	結ぶ	吉實井児
ネクタイの結び目に奥様が居る	吉澤久美子	95・10	結ぶ	吉實井児
日曜の主夫エプロンも立て結び	山口貞子	95・11	結ぶ	吉實井児
八卦見にまず体重を叱られる	山本義明	95・10	八	野谷竹路
松茸が八百屋の貴賓席に居る	西潟賢一郎	95・10	八	野谷竹路
デザートに二分は開けとく腹八分	菅井京子	95・10	八	野谷竹路
鯖の味噌煮で釣ったのはこの男	久野紀子	95・10	魚	森中惠美子
結婚の話はしない鯛茶漬	松井文子	95・10	魚	森中惠美子

妻の鱗が落ちている台所	福島久子	95・10	魚	森中惠美子
黒のボールペンで書いても出る赤字	御園生達子	95・10	ペン	尾藤三柳
男運なかったらしいペンの冴え	江畑哲男	95・10	ペン	尾藤三柳
身上書拾ったペンで書きました	黒田高司	95・10	ペン	尾藤三柳
ホームヘルパー他人の冷蔵庫の中身	太田紀伊子	95・10	気安い	江畑哲男
奥さん奥さんと奥さんでないってば	竹内寿美子	95・10	気安い	江畑哲男
ジーンズに漱石で済む恋がいい	平野こず枝	95・10	気安い	江畑哲男
英字紙を広げ相席脅かす	田中包彦	96・01	横文字	速川美竹
心電図見ているようなアラビア語	小枝青人	96・01	横文字	速川美竹
カラオケボックスへ音楽教師お辞儀する	福島久子	96・01	立場	川俣喜猿
犬としてきざな男にほえ立てる	今川乱魚	96・01	立場	川俣喜猿
眉寄せて飲む青汁のしぼりたて	江畑哲男	96・01	フレッシュ	長野清子
朝市の魚噛み付く顔でいる	田中包彦	96・01	フレッシュ	長野清子
エレベーターの中で寸志を開けてみる	米島暁子	96・01	自由吟	今川乱魚
サユリスト起きろ小百合が出ているぞ	小林光夫	96・01	自由吟	今川乱魚
野菜くずあなたの好きなかやく飯	長尾美和	96・10	甦る	真弓明子
大騒ぎさせて婆ァちゃん持ち直す	風間花盈	96・10	甦る	真弓明子
きみのキス受ける白雪姫わたし	竹内ヤス子	96・10	甦る	真弓明子

産む権利行使出来ない齢になり	秋山　勝	96・10	女性の権利	古賀絹子
養ってもらえる権利捨てました	太田ヒロ子	96・10	女性の権利	古賀絹子
男にも生理休暇が欲しくなり	江畑哲男	96・10	女性の権利	古賀絹子
二十一世紀へズリ下げズボンの子の行方	山田真理子	96・10	前途	成田孤舟
寝太郎の大器晩成信じてる	水井玲子	96・10	前途	成田孤舟
ニッポンを憂える鼻毛抜きながら	江畑哲男	96・10	前途	成田孤舟
仏滅でした東大の発表日	江畑哲男	96・10	かつぐ	風間花盈
流行を軽く乗っけているリュック	古賀絹子	96・10	かつぐ	風間花盈
肥桶をかついだゴルフ場あたり	松井文子	96・10	かつぐ	風間花盈
文字数字記号で頭痛くなり	石塚とし	96・10	データ	今川乱魚
キミのデータ何でも言えて片想い	平野こず枝	96・10	データ	今川乱魚
ニセデータ下戸で音痴でハンサムで	中澤　巌	96・10	データ	今川乱魚
江戸城に今や英語も出来る嫁	宇梶きく	97・01	江戸	山崎蒼平
関取の頭に江戸がまだ残り	斉藤由紀子	97・01	江戸	山崎蒼平
三代の江戸っ子骨が脆くなり	渡邊蓮夫	97・01	江戸	山崎蒼平
夜明けバンザイ僕の太陽が昇る	今泉竹童	97・01	明ける	斉藤由紀子
生ゴミの山へカラスの夜が明ける	佐藤美文	97・01	明ける	斉藤由紀子
フルムーン期待外れの夜が明ける	立原早苗	97・01	明ける	斉藤由紀子

ポスターの微笑に負けず棄権する	西方誠英智	97・01	ポスター	佐藤美文
ポスターに穴あく程の待ちぼうけ	井川幹司	97・01	ポスター	佐藤美文
ポスターの美女僕ばかり見つめてる	江畑哲男	97・01	ポスター	佐藤美文
テノールの焼き芋屋さん顔見たや	笹島一江	97・01	自由吟	今川乱魚
葬儀屋が気に入り名刺貰いうけ	伊庭獅子尾	97・01	自由吟	今川乱魚
お札にも命があろう皺のばす	穴澤良子	97・01	自由吟	今川乱魚
贈りものそのたびかわるランキング	荒蒔義典	97・10	贈る	近江あきら
水がめの上で台風徐行する	長根尉	97・10	贈る	近江あきら
臓器しか贈るものなき遺言書	若生茂	97・10	贈る	近江あきら
性のことは漫画で識っているジュニア	長野清子	97・10	ジュニア	五十嵐修
ジュニアーが束になってる永田町	熊坂久枝	97・10	ジュニア	五十嵐修
正論の伜をほっと見てしまう	加藤友三郎	97・10	ジュニア	五十嵐修
慈悲深い森だ再婚でもするか	江畑哲男	97・10	森	西来みわ
ジャングルをむしゃむしゃ食べる日本だ	加藤友三郎	97・10	森	西来みわ
女人禁制の森がおいでおいでする	太田紀伊子	97・10	森	西来みわ
十回も妻の名前を呼んでない	今川乱魚	97・10	十	西村在我
十円が無くてかしわ手だけにする	薄木博夫	97・10	十	西村在我
百本の薔薇より十秒間のキス	真弓明子	97・10	十	西村在我

寝る前にせめて夫の手を握る	横松愛子	97・10	自由吟	今川乱魚
ぽっくり死などとは欲が深すぎる	さのしげる	97・10	自由吟	今川乱魚
血の検査お酒の匂いせぬように	近江あきら	97・10	自由吟	今川乱魚
実の父誰も知らない桃太郎	御供　彪	98・01	父	岸本吟一
父は武者僕は紳士で馬券買う	竹内ヤス子	98・01	父	岸本吟一
ときめきが高じ心臓発作来る	石井太喜男	98・01	ときめき	米島暁子
ときめきは老いても消さぬ宝物	山口　幸	98・01	ときめき	米島暁子
ジャンボ餃子以来キッスを自粛中	川瀬進皓	98・01	ジャンボ	立原早苗
お相撲の衣料が楽し問屋街	笹島一江	98・01	ジャンボ	立原早苗
ダイオキシン飲むな種馬増えないぞ	日野真砂	98・01	動物へ贈る	今川乱魚
還暦の犬にも赤い服贈る	宇梶きく	98・01	動物へ贈る	今川乱魚
社会の窓忘れず閉めて下さいね	芝野一世	98・10	尊厳	尾藤三柳
人間のままで死なせてお医者さま	原田順子	98・10	尊厳	尾藤三柳
携帯をもって自立の顔をする	稲葉サカヱ	98・10	自立	竹本瓢太郎
お父さんやっとわかった塩加減	菊池龍司	98・10	自立	竹本瓢太郎
風船割りママのお尻が見直され	伊庭獅子尾	98・10	参加	江口信子
勉強は嫌い二次会だけ出ます	江畑哲男	98・10	参加	江口信子
金のあるちはよく看てくれた妻	伏見清流	98・10	ケア（介護）	伊藤正紀

出目金は元気ですかと金魚売り	安田　勇	98・10	ケア（介護）	伊藤正紀
満員御礼バスもトイレも高齢者	山口早苗	98・10	高齢者	山本義明
廻り道してお迎えとすれ違い	中島啓喜	98・10	高齢者	山本義明
余命ありリサイクルなどまだ早い	鈴木芳江	99・01	生きる	中島和子
フェロモンが奮い立たせている命	久野紀子	99・01	生きる	中島和子
きっと恋わたしのこころ無重力	真弓明子	99・01	発見	田中八洲志
厚化粧落とすと貴方美人です	薄木博夫	99・01	発見	田中八洲志
赤ちゃんが乳房の中で眠りだす	近江あきら	99・01	クッション	真弓明子
無重力しがみつきたい人が居る	川村英夫	99・01	クッション	真弓明子
ごみ出し日忘れた僕の罰ゲーム	松波酔保	99・01	ごみ	今川乱魚
ティッシュだけ頂きチラシ拝辞する	伊庭獅子尾	99・01	ごみ	今川乱魚
秋夜長一人芝居のワンルーム	平野こず枝	99・10	劇	成田孤舟
無言劇ドライアイスはまだ溶けぬ	加藤友三郎	99・10	劇	成田孤舟
人のふり見てヘソピアス追加する	松岡満三	99・10	飾る	松井文子
つまらん顔だチョビひげなんぞはやそうか	中澤　巌	99・10	飾る	松井文子
世の中をあてずっぽうに噛む恐さ	山本一夫	99・10	噛む	佐藤美文
入歯完成明日はライバル噛んでやる	近江あきら	99・10	噛む	佐藤美文
結婚記念日だわねと三度駄目押され	松波酔保	99・10	イベント	津田　暹

携帯がないと世話役外される	永井真治	99・10	イベント	津田暹
我が家にはドルより強い妻がいる	斉藤克美	99・10	ドル	今川乱魚
倦怠期夫婦のような円とドル	小林光夫	99・10	ドル	今川乱魚
もう大人臍の緒解いて下さいな	安田勇	00・01	親子	野中いち子
養育費ホントに俺の子だろうか	江畑哲男	00・01	親子	野中いち子
体重も態度も妻に負けている	海東昭江	00・01	夫婦	松岡葉路
すらすらと書けない妻の誕生日	中澤巌	00・01	夫婦	松岡葉路
似顔絵の美女が結婚詐欺師とは	さのしげる	00・01	プリント	加茂如水
プリクラの二人は指名手配人	松岡満三	00・01	プリント	加茂如水
五段階テストのような要介護	深谷修	00・01	自由吟	江畑哲男
山頭火には会計をまかされぬ	今川乱魚	00・01	自由吟	江畑哲男
先生の他にお医者はいませんか	近藤秀方	00・08	先生	大木俊秀
生徒には内緒で通う合気道	井川幹司	00・08	先生	大木俊秀
最下位で元気出てきた助監督	川崎信彰	00・08	アシスタント	津田暹
政治家の妻でコントが上手くなる	斉藤由紀子	00・08	アシスタント	津田暹
おばさんの輪から離れた席を取る	滝川ひろし	00・08	喋る	西来みわ
お喋りがピッタリと止み蟹を喰う	岡田香	00・08	喋る	西来みわ
熱いのが好きコーヒーも口づけも	斎藤弘美	00・08	熱い	今川乱魚

熱いよと地球がオゾン脱ぎはじめ	坂牧春妙	00・08	熱い	今川乱魚
船長になり切る孫のダンボール	田制圀彦	00・10	段ボール	近江あきら
段ボールみたいな妻で使途豊富	永藤我柳	00・10	段ボール	近江あきら
牛乳とサラダで男にはなれぬ	小金沢綏子	00・10	牛乳	吉實井児
餃子食べました牛乳飲みました	田制圀彦	00・10	牛乳	吉實井児
寝たふりも聞くふりもする金バッジ	小金沢綏子	00・10	黄色い	斉藤由紀子
レモンの黄ラストチャンスの子を宿す	江畑哲男	00・10	黄色い	斉藤由紀子
人造の妻を娶れる日も近い	古谷守弘	00・10	技術	江畑哲男
閉じる方しかミスしない改札機	永井真治	00・10	技術	江畑哲男
薄茶ならいいと茶髪に妥協する	山下寛治	01・01	ギャップ	須田尚美
人格がみごと変身泣き上戸	斉藤克美	01・01	ギャップ	須田尚美
追越しも割込みもないところ天	増田幸一	01・01	並ぶ	太田ヒロ子
並んだら夫婦の顔を取り戻す	今川乱魚	01・01	並ぶ	太田ヒロ子
夕日見て食べたくなった目玉焼き	中沢広子	01・01	太陽	加茂如水
陽をもてあそぶ春ブラウスのEカップ	窪田和子	01・01	太陽	加茂如水
あれあれと謎々遊び多くなる	後藤松美	01・01	自由吟	今川乱魚
機密費は八つに折って小銭入れ	松岡満三	01・01	自由吟	今川乱魚
欲は無い二等当たればそれで良い	大内昭弘	01・10	欲	伊藤正紀

焼き芋も愛も欲しがる女達	中沢広子	01・10	欲	伊藤正紀
百歳になってようやく囲まれる	大西豊子	01・10	囲う	川田柳光
ご祝儀が効いて美人に囲まれる	伊藤春恵	01・10	囲う	川田柳光
一夜漬けよりも確かなカンニング	椎野茂	01・10	スリル	竹本瓢太郎
人生のゲーム反抗期と暮らす	米島暁子	01・10	スリル	竹本瓢太郎
ロボットと同居しているのは内緒	野木尋子	01・10	自由吟	今川乱魚
善光寺へ参りたくなる牛である	岡田香	01・10	自由吟	今川乱魚
かたい物食べたがってる総入歯	神戸三茅子	02・01	揃う	西來みわ
売れ残り揃えて詰める福袋	中村五豆	02・01	揃う	西來みわ
知られなきゃ多い釣銭黙ってる	本多守	02・01	モラル	中島久光
歯痒いわ清く正しく生きる彼	岡遊希	02・01	モラル	中島久光
恋の風邪空気伝染したらしい	松尾タケコ	02・01	空気	佐藤美文
ため息も原因かしら温暖化	恋川冨町	02・01	空気	佐藤美文
三面の謝罪深々いい加減	田辺サヨ子	02・01	自由吟	今川乱魚
食べられたかったと牛が詠む辞世	恋川冨町	02・01	自由吟	今川乱魚
デュエットを合わせてくれぬ妻になる	津田暹	02・10	ずれる	平井吾風
通訳の後で笑いがずれてくる	永藤我柳	02・10	ずれる	平井吾風
近影と謳ってあった筈ですよ	川瀬翠	02・10	写真	高梨宗路

実物に似てはならない妻を撮る	菅谷華何子	02・10	写真	高梨宗路
直角にお辞儀揃えるお詫び劇	野見山夢三	02・10	直角	野谷竹路
直角な男に嫁ぐ丸い尻	片野晃一	02・10	直角	野谷竹路
ゴールしたあとの撒き餌が続かない	遠藤砂都市	02・10	ゴール	江畑哲男
逝かないで下さい保険増やすから	斉藤克美	02・10	ゴール	江畑哲男
そっくりだ動物園で見た顔だ	菅井京子	03・01	アニマル	深町金鳥
表札に犬も名乗りを上げてます	藤川靖美	03・01	アニマル	深町金鳥
おばさんに優先券は付けません	松尾タケコ	03・01	順序	中島和子
酒飲んでいっぷく吸って薬飲む	小枝青人	03・01	順序	中島和子
表札の扶養者犬と猫ばかり	大戸和興	03・01	養う	太田紀伊子
飼っているようにネズミもゴキブリも	田実良子	03・01	養う	太田紀伊子
ウィルスに愛のメールが汚染され	松尾タケコ	03・01	自由吟	江畑哲男
倦怠期どこかへ言葉置き忘れ	太田紀伊子	03・01	自由吟	江畑哲男
夫には相談出来ぬラブレター	安田夏子	03・10	相談	川俣秀夫
寝不足の俺に話すな不眠症	古川茂枝	03・10	相談	川俣秀夫
駅名をみんな覚えて不採用	松村育子	03・10	鉄道	渡辺　梢
ひとり旅ボックス席に期待する	水井玲子	03・10	鉄道	渡辺　梢
通販の品に部屋から追い出され	永井しんじ	03・10	はまる	加茂如水

留守ならばきっとあそこのパチンコ屋	椎名七石	03·10	はまる	加茂如水
葬儀屋のメールには無い特売日	野見山夢三	03·10	メール	今川乱魚
ひと月もメール開けない怠け者	笹島一江	03·10	メール	今川乱魚
寄せ鍋をつつくと夫婦らしくなる	田制圀彦	04·01	日本食	島田駱舟
忙しい朝めいわくな日本食	斎藤弘美	04·01	日本食	島田駱舟
現ナマを積めば私は癒される	大戸和興	04·01	癒す	金子美知子
にまいめで癒し系にはなれぬ僕	句ノ一	04·01	癒す	金子美知子
予約した頃は優しい鬼でした	船橋豊	04·01	予約	原田順子
予約などいらぬわたしはいかがです	松尾タケコ	04·01	予約	原田順子
ホスピスのナースは指名制にする	斎藤弘美	04·01	ナース	江畑哲男
看護婦に僕をまるごと見られてる	句ノ一	04·01	ナース	江畑哲男
村祭り山から熊も降りて来る	大戸和興	04·10	賑やか	今川乱魚
ワッショイワッショイ寄付してますよ	松尾仙影	04·10	賑やか	今川乱魚
人質のように床屋の椅子に着く	滝川ひろし	04·10	椅子	米島暁子
窓際の椅子でよければ空いてます	遠藤砂都市	04·10	椅子	米島暁子
ヨンさまの笑顔わたしは大嫌い	橋本紀久子	04·10	スマイル	江畑哲男
クレヨンのママをみんなが笑ってる	刑部仙太	04·10	スマイル	江畑哲男
十円であんまり鈴を振らないで	山口幸	05·01	神	真弓明子

神様も頷く素振りぐらいする	近江あきら	05・01	神	真弓明子
期限切れ夫黙って食べている	松波酔保	05・01	勇気	近江あきら
新婚の三日目オイと呼んでみる	竹下圭子	05・01	勇気	近江あきら
下手でいい下手でいいのと励まされ	大西豊子	05・01	支える	佐藤美文
愛犬が支えてくれる倦怠期	田実良子	05・01	支える	佐藤美文
不倫とは言わず大人の恋という	伊藤春恵	05・10	大人	植木利衛
酒タバコ止めて大人の仲間入り	田村巷談	05・10	大人	植木利衛
一線は越えられません妻だもの	熊谷冨貴子	05・10	ライン	いしがみ鉄
そっ総理ホットラインが切れてます	宮本次雄	05・10	ライン	いしがみ鉄
パーティの疑似餌につけるアデランス	森　朝日	05・10	付く	脇屋川柳
このカレー福神漬が付いてない	安田夏子	05・10	付く	脇屋川柳
夜更しのパパに付き合う赤ん坊	秋山精治	05・10	夜	今川乱魚
スッピンで夜道を恐い物がない	田実良子	05・10	夜	今川乱魚
雲行きの怪しい妻の刻む音	村田倫也	06・01	雲	吉實井児
空に浮く越前クラゲみーつけた	福島久子	06・01	雲	吉實井児
鏡見てもう再婚をあきらめる	河野桃葉	06・01	表情	齊藤由紀子
人相を見てから人相見て貰う	植竹団扇	06・01	表情	齊藤由紀子
単身赴任妻は太って僕は痩せ	中沢広子	06・01	サラリーマン	久保田元紀

また合併自社の名前がさっと出ず	水井玲子	06・01	サラリーマン	久保田元紀
一夫多妻オレは一人を持て余す	佐竹　明	06・01	自由吟	江畑哲男
犬の糞落した人はいませんか	松尾タケコ	06・01	自由吟	江畑哲男
絶対にボクは痴漢じゃありません	山本由宇呆	06・05	守る	片野晃一
おかえりとスイカは言ってくれません	船本庸子	06・05	駅	福島久子
泡だけを残して通はビール干す	田澤一彦	06・05	ビール	中澤　巌
エクスプレスきょうは英語で喋ろうか	大西豊子	06・05	嘱目吟	江畑哲男
どうしたら妻を黙らすかが課題	村田倫也	06・10	テーマ	中島和子
テーマは金とあんたの顔に書いてある	五十嵐修	06・10	テーマ	中島和子
アップよりロングが欲しい顔写真	上西義郎	06・10	眺める	川俣秀夫
松茸の噂でおわる小さい秋	椎野　茂	06・10	眺める	川俣秀夫
義歯出来てためしに歌う二輪草	岸野あやめ	06・10	歌	江口信子
降りるまで只で歌えるバス旅行	中村圀夫	06・10	歌	江口信子
美人とは間違いのない距離を置き	月岡サチヨ	06・10	微妙	江畑哲男
元カレがこっち見てるよ超微妙	野口　良	06・10	微妙	江畑哲男
イケメンを蹴りジャガイモと結ばれる	伏尾圭子	07・01	縁は異なもの	成田孤舟
化けそうな猫と暮らしを支え合う	中島和子	07・01	縁は異なもの	成田孤舟
髪百本植えて十年若返る	宮本次雄	07・01	プラス	米島暁子

女房が喜ぶ遺書を書かされる	秋山精治	07・01	プラス	米島暁子
手おくれの客で賑わう子宝湯	増田幸一	07・01	温泉	西來みわ
混浴と聞いて補聴器ポロリ落ち	真田幸村	07・01	温泉	西來みわ
不覚にも孫に唇奪われる	月岡サチヨ	07・01	自由吟	今川乱魚
殺されぬ程度に叱るむずかしさ	松岡満三	07・01	自由吟	今川乱魚
ニューモード着てればオシャレ脱げばボロ	有馬靖子	07・01	自由吟	今川乱魚
ケチでして三途の川も値切ります	村田倫也	07・05	川	米島暁子
溺れても助けてくれる人と居る	田辺サヨ子	07・05	川	米島暁子
こわもてが鯛焼き食べて照れている	新井季代子	07・05	照れる	佐竹　明
照れ隠しばたばた叩く癖がある	植竹団扇	07・05	照れる	佐竹　明
課長さん呼ばれて照れる課長補佐	近藤秀方	07・05	照れる	松本晴美
母親は目立ちたがり屋父照れ屋	中沢広子	07・05	照れる	松本晴美
レトロ趣味妻も大事にしています	松本晴美	07・05	レトロ	成島静枝
明治から続くつばめの大家さん	上田正義	07・05	レトロ	成島静枝
庭先のつつじが嫌うツーショット	近藤秀方	07・05	嘱目吟	今川乱魚
博物館徳利を見て酒が欲し	田実良子	07・05	嘱目吟	今川乱魚
我慢せい先祖代々貧乏だ	山本桂馬	07・08	祖	荻原鹿声
ご先祖をたどるとまずい事になる	坂牧春妙	07・08	祖	荻原鹿声

愛妻に口答えなぞ出来ません	斉藤克美	07・08	弱い	いしがみ鉄
ハンサムに弱い無口なAカップ	窪田和子	07・08	弱い	いしがみ鉄
往復の軒飛び交う旅の宿	竹島 盤	07・08	往復	石田一郎
青春は片道だったラブレター	安田夏子	07・08	往復	石田一郎
番犬は隣の空き巣見ないふり	篠田和子	07・08	テリトリー	大戸和興
鯉のぼり尻尾はうちの空泳ぎ	青木和平	07・08	テリトリー	大戸和興
酔眼を迎える妻が二人いる	伏尾圭子	07・10	酔う	大木俊秀
おちょぼ口こんなに飲むと露知らず	坂倉敏夫	07・10	酔う	大木俊秀
父稼ぎ母が全額使い切る	大戸和興	07・10	収入	平井吾風
ご芳志を見込んで予算組んである	江畑哲男	07・10	収入	平井吾風
神ですか地球に線を引いたのは	中川洋子	07・10	国	尾藤三柳
国訛りボクのでっかいパスポート	田辺サヨ子	07・10	国	尾藤三柳
親だけがコミュニケーション取りたがり	水井玲子	07・10	コミュニケーション	中澤 巌
ボケ役もツッコミ役もいて家族	馬場長利	07・10	コミュニケーション	中澤 巌
居酒屋でメタボ王子がもてている	海東昭江	08・01	王子	てじま晩秋
平成の王子へおばさんの悲鳴	齊藤由紀子	08・01	王子	てじま晩秋
湯タンポの歴史を延ばす原油高	安川正子	08・01	ロング	佐藤美文
ライバルと長さを競う鼻の下	立花雍一	08・01	ロング	佐藤美文

飽くまでも知らぬで通すのが浮気	永井しんじ	08・01	秘める	小金沢綏子
仏様妻がわたしをいじめます	中澤　巌	08・01	秘める	小金沢綏子
スリッパになんとなくある右ひだり	千田尾信義	08・01	自由吟	山本由宇呆
笑い皺になってしまった苦労皺	川崎信彰	08・01	自由吟	山本由宇呆
教科書は早弁かくす時開く	川崎信彰	08・10	テキスト	津田　暹
ジャックとベティ英語嫌いにさせた人	松澤龍一	08・10	テキスト	津田　暹
急ぐのを知ってて妻の厚化粧	安藤紀楽	08・10	のろのろ	佐藤孔亮
のろのろが一番先に飯に来る	上田正義	08・10	のろのろ	佐藤孔亮
弁当屋妻の弁当食べ始め	老沼正一	08・10	弁当	米島暁子
弁当付きならば出席してみるか	船本庸子	08・10	弁当	米島暁子
寝たきりで優等生と誉められる	野口　良	08・10	優等生	江畑哲男
出勤は八時二分の風呂は九時	松岡満三	08・10	優等生	江畑哲男
私のにせものわたしより美人	窪田和子	09・01	イミテーション	齊藤由紀子
オレオレとボクは言わない氏育ち	水井玲子	09・01	イミテーション	齊藤由紀子
豊作の案山子にキッスしてあげる	米島暁子	09・01	故郷	佐藤美文
ふる里はここだと決めた妻の膝	斉藤克美	09・01	故郷	佐藤美文
たくわんが主張しているバスの中	木村幸子	09・01	漬け物	植木紀子
らっきょうを猿に食わせる意地悪さ	長谷川庄二郎	09・01	漬け物	植木紀子

出不精の保険証ほど感謝され	古川茂枝	09・01	自由吟	今川乱魚
パソコンが今年もくれた年賀状	篠塚　健	09・01	自由吟	今川乱魚
消費者省江戸っ子の舌困らせる	本間千代子	09・10	タイトル	いしがみ鉄
防衛戦ママのパンチがまた決まる	中川洋子	09・10	タイトル	いしがみ鉄
遅すぎるエステへ無駄な金を捨て	木内紫幽	09・10	費やす	米島暁子
治ってはいるが薬は使い切り	高島半眼	09・10	費やす	米島暁子
混浴の穴場はサルが入ってた	大戸和興	09・10	穴	川俣秀夫
靴下の穴があるから正座する	佐藤孔亮	09・10	穴	川俣秀夫
外交の英語にも出る千葉訛り	今川乱魚	09・10	外交	中澤　巌
さりげなくプラスα誉め言葉	山田雅美	09・10	外交	中澤　巌
ぎゃあと押されても抱え込む特価品	上西義郎	10・01	叫ぶ	安藤紀楽
喚くから言いたいことが分からない	伏尾圭子	10・01	叫ぶ	安藤紀楽
遺産分け評価をエンマ帳に書く	増田幸一	10・01	日記	石川雅子
シュレッダー日記へおいでおいでする	布佐和子	10・01	日記	石川雅子
未来図を草食系が食い散らす	中原政人	10・01	ビジョン	小金沢綏子
離婚するまだ婚活ができそうだ	松岡満三	10・01	ビジョン	小金沢綏子
声だけを聞けばうれしい電話口	山口　幸	10・01	自由吟	江畑哲男
休肝日わたしに酔ってみませんか	上田正義	10・01	自由吟	江畑哲男

犯人は次のページで待っている	島田陽子	10・10	ページ	雫石隆子
一ページ目から羅漢の日向ぼこ	佐藤美文	10・10	ページ	雫石隆子
仏様こんな弔辞でいいですか	丸山芳夫	10・10	ほめる	渡辺　梢
ほめられた男はきっと堕落する	中澤　巌	10・10	ほめる	渡辺　梢
紐のような下着を妻が付け始め	江畑哲男	10・10	紐	松橋帆波
運のない紐だ処刑のお手伝い	高塚英雄	10・10	紐	松橋帆波
謎解けば逆さまつげがうずき出す	安田夏子	10・10	解く	江畑哲男
相撲部屋昆布のように干すまわし	丸山芳夫	10・10	解く	江畑哲男
わが妻にゲゲゲのくすり効いてきた	松田重信	11・01	一人称に関することすべて	津田　暹
おれの名は直人だ総理大臣だ	永井静佳	11・01	一人称に関することすべて	津田　暹
土下座してもう女とは会いません	安部離楽数	11・01	ラブ	大木俊秀
キューピッドがいてもアラフォー気づかない	いしがみ鉄	11・01	ラブ	大木俊秀
賽銭の音へ仏の耳が肥え	今村幸守	11・01	耳	佐藤美文
遠くなる耳のお陰でいい老後	上西義郎	11・01	耳	佐藤美文
クニマスで陛下の脳にさかなクン	成島静枝	11・01	自由吟	笹島一江
酒二合ぼくにはぼくの風邪薬	江畑哲男	11・01	自由吟	笹島一江
立ち話蚊も刺し飽きる長話	小林洋子	11・10	刺す	高鶴礼子
妻に釘刺されてからの人見知り	植木紀子	11・10	刺す	高鶴礼子

手紙の字上手くなかった看板屋	安川正子	11・10	看板	犬塚こうすけ
落ちそうな看板だから皆が見る	坂牧春妙	11・10	看板	犬塚こうすけ
隣人に恵まれ夫には恵まれず	猫原しげの	11・10	隣	米島暁子
お隣のくさやでうまい酒を飲む	伊藤三十六	11・10	隣	米島暁子
副読本授業聞くより良くわかる	角田　創	11・10	サブ	江畑哲男
愛人がいいのなあんて言ってみる	日下部敦世	11・10	サブ	江畑哲男
触れないで欲しい私の濁り水	船本庸子	12・01	濁る	いしがみ鉄
隣国の男はマッコリの甘さ	橋本久美子	12・01	濁る	いしがみ鉄
恋のコツわかった時はもう八十路	窪田和子	12・01	コツ	荻原美和子
丁寧語使うと夫動き出す	高山睦子	12・01	コツ	荻原美和子
写ってる鬼を睨んでいる私	洲戸行々子	12・01	鏡	真弓明子
店長は番組表で品揃え	内田信次	12・01	自由吟	船本庸子
開運に買った宝石盗まれる	篠田和子	12・01	自由吟	船本庸子

ユーモア党宣言！

東葛川柳会
月例句会・大会日誌

(平成 14 年 11 月～ 24 年 10 月)

昭和62年6月から平成9年9月までの日誌は『川柳贈る言葉』（平成9年9月18日葉文館出版刊）に、平成9年10月から14年9月までの日誌は『川柳ほほ笑み返し』（平成14年11月2日新葉館出版刊）に収録されている。

開催場所の表記

（諏）諏訪神社社務所　（一）第一生命
（郵）柏郵便局　（中）柏中央公民館
（商）柏市商工会議所　（プ）プラザヘイアン柏
（流）流山市生涯学習センター　（我）我孫子けやきプラザ
（ク）ザ・クレストホテル柏　無印は「パリ総合美容専門学校」
☆印はゲスト選者（敬称略）

平成14年(2002)

11月23日　11月句会（諏）　☆おかの蓉子
12月23日　12月句会（諏）　☆伊藤正紀

平成15年(2003)

1月25日　新春句会（一）
講演「動物の心　人間の力」　増井光子
（横浜動物園ズーラシア園長）
（選者）深町金鳥、中島和子、太田紀伊子
2月22日　2月句会（諏）　☆渡辺　梢
3月22日　3月句会（諏）　☆江口信子
3月30日　吟行句会（南柏・光ヶ丘　広池学園キャンパス）　☆船橋　豊
4月26日　4月句会（諏）　☆てじま晩秋
5月24日　5月句会（諏）　☆安藤亮介

横浜動物園ズーラシア
園長・増井光子さん

6月28日　6月句会（諏）　☆佐藤美文
7月26日　7月句会（諏）　☆渡辺貞勇
8月23日　8月句会（諏）　☆尾藤一泉
9月27日　9月句会（諏）　☆佐藤孔亮
10月25日　16周年記念大会（中）
講演「川上三太郎と森繁久彌」　大野風太郎（川柳研究社相談役）
（選者）川俣秀夫、渡辺　梢、加茂如水
11月22日　11月句会（諏）　☆尾藤一泉
脇屋川柳氏、久々に来会
12月23日　12月句会（諏）　☆津田　暹

平成16年（2004）

1月24日　新春句会（一）
講演「がんに関する心得について」　小野寺時夫（元都立府中病院長）
（選者）島田駱舟、金子美知子、原田順子
2月28日　2月句会（郵）　☆太田ヒロ子

3月27日　3月句会（郵）　☆田中寿々夢
4月24日　4月句会（郵）　☆廣島英一
5月1日　吟行句会　清澄庭園（大正記念館）　☆新田登四夫
5月22日　5月句会（郵）　☆伊藤祥太
6月26日　6月句会（郵）　☆播本充子
7月24日　7月句会（郵）　☆田中八洲志
8月28日　8月句会（郵）　☆松岡葉路
9月25日　9月句会（郵）　☆大河原信昭
10月23日　17周年記念大会（中）
講演「狂句排撃から百年、新川柳の行方」　尾藤一泉
（選者）岸本吟一、米島暁子、今川乱魚
11月27日　11月句会（諏）　☆内田東陽
12月23日　12月句会（諏）　☆齊藤由紀子

平成17年（2005）

1月22日　新春句会（一）

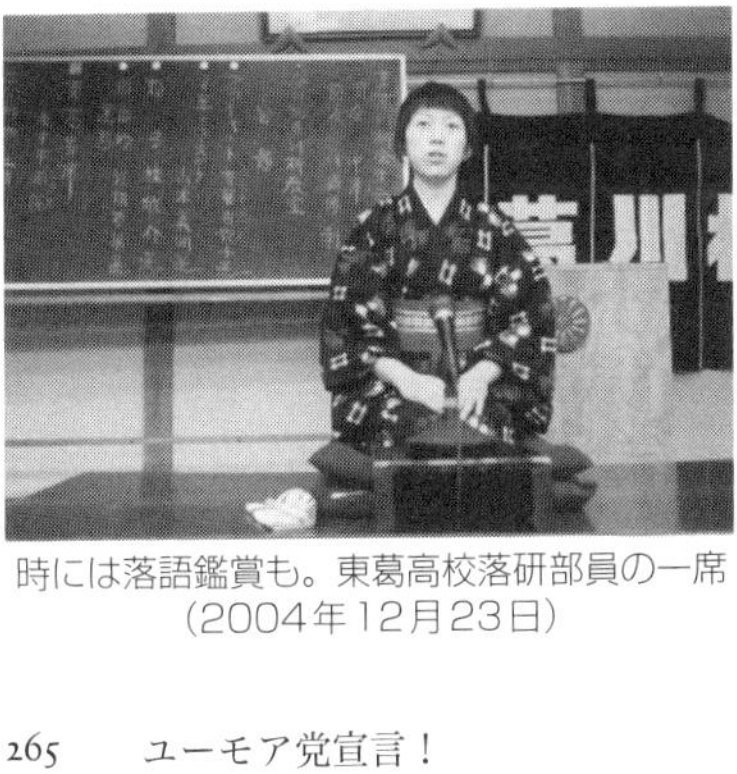

時には落語鑑賞も。東葛高校落研部員の一席
（2004年12月23日）

講演「今一歩踏み出す勇気を＝ボランティアの本質」　渡邊一雄
（日本フィランスロピー研究所長
日本社会事業大学大学院特別客員教授）
（選者）真弓明子、近江あきら、佐藤美文

2月26日　2月句会（郵）　☆横田輪加造
3月26日　3月句会（郵）　☆長谷川酔月
3月27日　〜30日　台湾吟行句会
参加者21名（団長・江畑哲男代表）
台湾川柳会（会長・李琢玉氏）と
合同句会を実施。
4月23日　4月句会（郵）　☆大城戸紀子
5月5日　吟行句会（後楽園「涵徳亭」）　☆中島和子
5月28日　5月句会（郵）　☆坂牧春妙
6月25日　6月句会（郵）　☆安藤紀楽
7月23日　7月句会（郵）　☆島田駱舟
8月27日　8月句会（郵）　☆松橋帆波
9月24日　9月句会（郵）　☆安藤亮介

台北での歓迎の宴にて。左から蔡焜燦さん、故・李琢玉会長

台湾吟行会参加者。左端は大阪の加島由一さん

10月22日　18周年記念大会（中）
講演「ラジオ深夜便とリスナー達」　村田　昭（元ラジオ深夜便アンカー）
（選者）植木利衛、いしがみ鉄、脇屋川柳
11月26日　11月句会（諏）　☆丸山しげる
12月23日　12月句会（諏）　☆名雪凛々

平成18年（2006）

1月28日　新春句会（一）
講演「空の表情に魅せられて」　武田康男（千葉県立東葛飾高校教諭・気象予報士）
（選者）吉實井児、齊藤由紀子、久保田元紀
2月25日　2月句会（郵）　☆田中八洲志
3月25日　3月句会（諏）　☆竹田光柳
4月22日　4月句会（商）　☆池田信一郎
5月5日　吟行句会（守谷市　アサヒビール工場）　☆片野晃一
5月27日　5月句会（商）　☆山西酸吸

遠来の選者、久保田元紀さん（前列左から2人目、故人）を囲んで。（2006年1月28日）

6月24日　6月句会（商）　☆阿部　勲
7月22日　7月句会（商）　☆千葉絹子
8月26日　8月句会　☆佐藤孔亮
9月23日　9月句会　☆白石　洋
10月28日　19周年記念大会（中）
講演「短歌と川柳」　篠　弘（日本現代詩歌文学館館長）
（選者）中島和子、川俣秀夫、江口信子
11月25日　11月句会　☆犬塚こうすけ
12月23日　12月句会　☆佐藤美文

平成19年（2007）

1月27日　新春句会（一）
講演「江戸の笑い」　山本鉱太郎（旅行作家・当会顧問）
（選者）成田孤舟、米島暁子、西來みわ
2月24日　2月句会　☆深町金鳥
3月24日　3月句会　☆堤　丁玄坊

講師の山本鉱太郎夫妻（両端）。中央哲男代表「なぁ〜るほど」の表情（2007年1月27日）

大会後の懇親会にて。左から今川乱魚、篠弘先生、台湾の黄智慧先生

4月28日　4月句会　☆竹内祝子
5月4日　吟行句会（野田市）　☆米島暁子
5月26日　5月句会　☆島田駱舟。上野楽生氏、大阪より来会
6月23日　6月句会　☆近江あきら
7月28日　7月句会　☆加島由一
8月25日　8月句会（流）
東葛川柳会創立20周年、川柳立机250年記念、
小林一茶没後180年記念、流山市制40周年各記念行事
講演「ユーモア川柳今昔」　今川乱魚（東葛川柳会最高顧問）
東葛川柳会新ホームページ開設披露
（選者）　荻原鹿声、いしがみ鉄、石田一郎
9月22日　9月句会　☆片野晃一
10月27日　東葛川柳会20周年記念句会（プ）
祝辞・頼柏絃氏（台湾川柳会会長）、脇屋川柳（15世川柳）
講演「川柳の魅力　日本語の魅力」　江畑哲男（東葛川柳会代表）
（選者）大木俊秀、平井吾風、尾藤三柳

20周年記念大会、朝の打合せ
（2007年10月27日）

東葛川柳会の新しいホームページ

「川柳ガンバレ　ミニシンポジウム」
シンポジスト
藤田とし子（かしわインフォメーションセンター事務局長）
村田貞雄（江戸川大学エクステンションセンター所長・特任教授）
荒木善治（第一生命保険相互会社生涯設計推進部部長）
江畑哲男（東葛川柳会代表）
20周年記念出版
『ユニークとうかつ類題別秀句集』発刊。

11月24日　11月句会　☆太田紀伊子
12月22日　12月句会　☆金澤たかし

平成20年（2008）

1月26日　新春句会（一）
講演「『源氏物語』―「ほんとう」のもつ力」　和田律子（流通経済大学教授）
（選者）てじま晩秋、佐藤美文、小金沢綏子
2月23日　2月句会　☆荻原美和子

大会で表彰された左から穴澤良子さん、窪田和子さん（2007年10月27日）。㊤は『ユニークとうかつ類題別秀句集』。

3月22日　3月句会　☆江口信子
4月12日　吟行句会（佐原）　☆阿部巻彌
4月26日　4月句会　☆福田岩男
5月24日　5月句会　☆大川幸太郎
6月28日　6月句会　☆田口麦彦
7月26日　7月句会　☆堀井　勉
8月23日　8月句会　☆渡邊妥夫
9月28日　9月句会　☆相良博鳳
10月25日　21周年記念大会（中）
講演「川柳を教科書に、そして著作権を大切に」
清水厚実（㈳全日本川柳協会監事）
（選者）津田　暹、佐藤孔亮、米島暁子
11月22日　11月句会　☆平田耕一
12月23日　12月句会　☆二宮茂男

千葉・佐原吟行会、佐原駅前にて（2008年4月12日）

平成21年(2009)

1月24日　新春句会(一)
講演「日本人の食のふるさと——漬け物つれづれ」
前田安彦(全日本漬物協同組合連合会常任顧問、宇都宮大学名誉教授)
(選者)齊藤由紀子、佐藤美文、植木紀子、植木紀子

2月28日　2月句会　☆篠田東星
3月28日　3月句会　☆渡辺　梢
4月25日　4月句会　☆原　光生
5月5日　吟行句会(東京大学セイホクギャラリー)
講演「深い森の中に迷い込んだ私」
林　尚孝(茨城大学名誉教授　森鷗外研究家)
☆河合成近
5月23日　5月句会　☆五十嵐　修
6月27日　6月句会　☆犬塚こうすけ
7月25日　7月句会　☆廣島英一

左端は記念講演の出番直前の池井優先生
(2009年10月24日)

東京大学吟行会(2009年5月5日)

8月22日　8月句会　☆佐藤美文
9月26日　9月句会　☆相良敬泉
10月24日　22周年記念大会(中)
講演「ゴルフと日本外交」
池井　優(慶応大学名誉教授　㈳全日本川柳協会顧問)
(選者)いしがみ鉄、米島暁子、川俣秀夫
11月28日　11月句会　☆松橋帆波
11月12日　斉藤克美副幹事長逝去
12月23日　12月句会　☆高塚英雄

平成22年(2010)

1月23日　新春句会(一)
講演「石川啄木『時代閉塞の現状』百年にあたって」
碓田のぼる(新日本歌人協会全国幹事)
(選者)安藤紀楽、石川雅子、小金沢綏子
2月27日　2月句会(斉藤克美追悼句会)

故・斉藤克美さん

乱魚ユーモア賞受賞者の皆さん
(2010年1月23日)

☆山本由宇呆、笹島一江、長谷川庄二郎、江畑哲男

3月27日　3月句会　☆竹田光柳

4月24日　4月句会　☆阿部　勲

4月15日　最高顧問・今川乱魚逝去

5月8日　吟行句会（早稲田大学）

講演「川柳と私」　やすみりえ（川柳作家）

☆佐藤孔亮

5月22日　5月句会　☆太田ヒロ子

6月26日　6月句会　☆斎藤弘美

7月24日　7月句会　☆平野さちを

8月28日　8月句会　☆佐藤朗々

9月5日　「今川乱魚さんを偲ぶ会」

ザ・クレストホテル柏にて　参加者217名

呼びかけ人代表・主催 ㈳全日本川柳協会会長　大野風柳

〈呼びかけ人〉

礒野いさむ（番傘川柳本社主幹）

尾藤三柳（日本川柳ペンクラブ理事長）

偲ぶ会にて思い出を語る第一生命の
森泉康亨さん（2010年9月5日）

やすみりえさんの講演
（2010年5月8日）

竹本瓢太郎（川柳人協会会長）
田中八洲志（東都川柳長屋連差配）
津田　暹（千葉県川柳作家連盟会長）
山本鉱太郎（日本旅のペンクラブ代表）
熊谷昌具（流山市立博物館友の会川柳講座「乱気流」代表）
矢嶋教文（柏稲門会会長）
中村久和（いなほ会幹事）
江畑哲男（東葛川柳会代表）
太田紀伊子（つくばね番傘川柳会会長）
山本義明（999番傘川柳会副会長）
（主な出席者）清水厚実、大木俊秀、森中恵美子、
末吉哲郎、佐藤良子、涂世俊、林えり子、森泉康亭、
鈴木昇、西田淑子、　今川幸子
事務局・江畑哲男（東葛川柳会代表）
小冊子『今川乱魚の歩み』発行

9月25日　9月句会（今川乱魚最高顧問追悼句会）
（選者）西來みわ、太田紀伊子、江口信子

偲ぶ会当日に参列者に配られた栞『今川乱魚の歩み』

御礼のあいさつ。左から哲男代表、今川幸子夫人、大野風柳（社）全日本川柳協会会長

偲ぶ会控え室にて左から国吉司図子さんご子息、国吉司図子さん、塩見草映さん

10月23日　23周年記念大会（中）
講演「読書の楽しみ」　海老原信考（元千葉県立小金高校校長）
（選者）雫石隆子、渡辺　梢、松橋帆波
11月27日　11月句会　☆石川雅子
12月23日　12月句会　☆高鶴礼子

平成23年（2011）

1月22日　新春句会（一）
講演「アイらぶ日本語」
江畑哲男（東葛川柳会代表）
（選者）津田　暹、大木俊秀、佐藤美文
江畑代表『アイらぶ日本語』
出版記念パーティー開催
2月26日　2月句会　☆上村　脩
3月26日　東葛チャリティー3月句会
東日本大震災直後の開催

哲男代表にエールを贈る中澤巌幹事長
（2011年1月22日）

出版記念パーティー参加者の皆さん。横断幕の揮毫は東葛高校・高野清玄先生（書道）

第25回国民文化祭おかやまに合わせて建立された乱魚句碑〈いい土に還ろう　うまいもの食って〉（2010年10月）

ゲスト選者・真弓明子氏被災のため、中澤　巌、山本由宇呆、植竹団扇、江畑哲男が選を担当する。さらに句会では被災地宛のお見舞い句、お見舞い金を募集した。その後の募金とあわせて十三万一〇一〇円を日本赤十字社などへお届けした。

4月23日　4月句会　☆片野晃一
5月14日　吟行句会（科学技術の殿堂　科学技術館）　☆五十嵐　修
5月28日　5月句会　☆願法みつる
6月25日　6月句会　☆中島宏孝
7月23日　7月句会　☆やまぐち珠美
8月27日　8月句会　☆渡辺貞勇
9月24日　9月句会　☆千葉絹子
10月22日　24周年記念大会（中）
講演「わらいが風刺を持つとき」　佐藤　毅（江戸川大学教授、東京湾学会副会長）
（選者）高鶴礼子、犬塚こうすけ、米島暁子
11月26日　11月句会　☆舟橋　豊
12月23日　12月句会　☆岩田康子

3·11直後の東葛チャリティー3月句会にて黙祷（3月26日）

平成24年（2012）

1月28日　新春句会（一）
講演「回文の魅力と作り方のコツ」
落合正子（日本回文協会会長）
（選者）いしがみ鉄、荻原美和子、真弓明子
2月25日　2月句会　☆原　光生
3月24日　3月句会　☆金澤たかし
4月3日　吟行句会（銚子）　☆名雪凛々
4月28日　4月句会　☆内田博柳
5月26日　5月句会（我）　☆竹田光柳
6月23日　6月句会　☆願法みつる
7月28日　7月句会　☆米島暁子
8月25日　8月句会　☆堤　丁玄坊
9月22日　9月句会　☆米本卓夫
涂青春台湾川柳会会長、来日して句会に参加。

句会で挨拶する涂青春さん

嵐近づく中の銚子吟行句会（2012年4月3日）

10月27日　東葛25周年記念句会（ク）
記念講演「南極の魅力（越冬体験から）」　武田康男（第50次南極観測隊員　気象予報士）
今川乱魚さんを顕彰する「第20回とうかつユーモア賞」表彰
（選者）津田　暹、竹本瓢太郎、森中惠美子
「トーク＆トーク」登壇者
濱田逸郎（江戸川大学サテライトセンター所長）
福島　毅（県立東葛飾高校教諭）
25周年記念出版『ユーモア党宣言！』刊行。

記念誌の編集を終えて

先年他界された東葛川柳会の創始者で最高顧問の故今川乱魚さんの遺功を引き継ぎ「第二〇回とうかつユーモア賞」の募集を開始したのが昨年の秋、それから締切の本年一月までに応募された作品は、ユーモア川柳で九七五句、ジュニア川柳で三七八句、エッセイで四四作品を数えるまでになりました。北は北海道から南は九州まで、文字通り、全国をカバーする一大川柳イベントとなったわけです。

応募頂いた、ユーモア句九七五句、ジュニア川柳三七八句、エッセイ四四作品は東葛川柳会の幹部の方々により予選がなされ、ユーモア句で一八二句、ジュニア句で五〇句、エッセイで十五作品が予選を通過しました。さらに、ユーモア句の予選通過作品一八二句には東葛川柳会幹事全員と外部選者の二次選がかけられました。

これらの予選、二次選の結果を元に、東葛川柳会の幹部の方々の厳正なる審査により各賞が決定されました。

応募作品の受付、入力、校正、編集と膨大な事務作業をこなして頂いた東葛川柳会の成島静枝幹事、校正作業に馳せ参じて頂いた野田川柳会の方々のご尽力に感謝を申し上げる次第です。また今回の募集に当たっては東葛川柳会の皆さま及び友好柳社のご協力も忘れてはならないものと思います。改めて感謝を申し上げます。記念誌の編集に当たっては、新葉館出版の竹田麻衣子さんのきめ細やかなご協力を頂きました。ありがとうございました。

もう一点は、会の歴史をまとめたことです。十五周年記念誌『川柳ほほ笑み返し』（平成十四年十一月刊）以降、創立十五周年から二五周年までの主な記念講演の採録。さらには、年表の整理をいたしました。これによって、東葛川柳会の歩みをつぶさに辿ることが出来ます。こちらは、根岸洋・中澤巌・成島静枝各幹事ほかのご尽力がありました。

茲にこうして『ユーモア党宣言！』というタイトルのもと、本企画の記録が残ることに、担当をしてきた事務局として、大きな喜びを感じるものです。同時に、東葛川柳会のパワーの凄さを改めて誇りに思う次第です。

皆さん、ありがとうございました。

平成二四年九月

「第二〇回とうかつユーモア賞」事務局

松澤　龍一

ユーモア党宣言！

○

2012年11月1日　初版発行

監　修

江　畑　哲　男

編　集

東　葛　川　柳　会

千葉県流山市西初石3-461-2　中澤巌方　〒270-0121

郵便振替口座 00100-1-364125　東葛川柳会

発行人

松　岡　恭　子

発行所

新　葉　館　出　版

大阪市東成区玉津1丁目9-16 4F　〒537-0023

TEL06-4259-3777　FAX06-4259-3888

http://shinyokan.ne.jp/

印刷所

株式会社シナノ

○

定価はカバーに表示してあります。

©Ebata Tetsuo Printed in Japan 2012

無断転載・複製を禁じます。

ISBN978-4-86044-470-9